# 不完美，也很好

绿茶 / 著

山东城市出版传媒集团·济南出版社

图书在版编目（CIP）数据

不完美,也很好/绿茶著.—济南:济南出版社,
2020.7
（"小美好"系列）
ISBN 978 – 7 – 5488 – 4213 – 2

Ⅰ.①不… Ⅱ.①绿… Ⅲ.①散文集—中国—当代
Ⅳ.①I267

中国版本图书馆 CIP 数据核字（2020）第 125246 号


"小美好"系列
不完美,也很好 绿茶 著

出 版 人 崔　刚
图书策划 郑　敏 谭　飞 赵凌云
责任编辑 郑　敏
装帧设计 张　倩
出版发行 济南出版社
地　　址 山东省济南市二环南路 1 号（250002）
电　　话 （0531）86131730
网　　址 www.jnpub.com
经　　销 各地新华书店
印　　刷 山东省东营市新华印刷厂
版　　次 2020 年 7 月第 1 版
印　　次 2020 年 7 月第 1 次印刷
成品尺寸 148 毫米 ×210 毫米　32 开
印　　张 5.5
字　　数 130 千
印　　数 1— 4000
定　　价 36.00 元


法律维权　0531 – 82600329
（济南版图书,如有印装错误,可随时调换）

# |代序|
# 做一个种莲花的人

闺蜜最近做了一项重大的投资。

"我谁都没告诉，连我姐都没讲。"她说，"就只告诉了你。"

感谢她的信任，愿意与我分享她的喜乐。

她是单身妈妈，有两个孩子，她也是我身边所有女性朋友中最有女神范儿的大美女。她穿衣有品，容貌精致，身材宛如少女，而且虚心向学，懂得感恩。她说很感恩自己生命中遇到的贵人，他们在最适当的时候出现，帮助她，无论是投资理财，还是养儿育女。虽然也走过弯路，有过低潮期，但现在的她越来越自信，越来越从容。

在她的身上，我再次看到，一个人的功夫下在哪里，成效就在哪里。

小学辍学的她虽然读书不多，但正如她所说，自己的人生就是靠一双手做出来的。她十分能干，有自己的投资理财之道，还是美容达人、营养专家、服饰搭配高手。近年来她更是虚心向学，坚持吃素，练习瑜伽，修身养性。

她对生活有感恩之心，总说自己有贵人相助。但在我看来，那其实是因为她自己做得够好，花开蝶来，人们愿意有她这样的朋友，愿意帮她。

因为她，我常感叹，每个人来到世上的使命是不一样的，也许我的使命就是通过写文章来感动读者，而她则是用自己的美来唤醒别人对身体、对形象的重视。至少，我每次看到她，就想，太美了，我也要这样，让自己美美的，活出最佳状态，也让身边的人受到感染。虽然每个人的天资不同，但至少，我可以像她那样，再多一分自律，注重饮食，保持面容的精致、身体的健康，多好。

当然，我相信，我也可能在不知不觉中像她一样，多少给了身边的朋友一些小小的感触，以及行动的勇气和决心。

女儿学长的母亲，也是我的朋友——芳草，常常把我的文章发到朋友圈与人分享。那天我写了一篇有关游泳的文章后，她告诉我，她把这篇文章分享到她的同事群里，并下决心去办了一张健身卡，也要开始游泳。

我好开心，又看到一个中年人拿出行动来改变自己。

之前，也有朋友告诉我，她用买一个名牌包的钱去报了一个画画班，因为她也要做自己喜欢的事。

我也为她开心。

昨天晚上，好友娟打来电话，要我发一张我做的菜的照片。刚好手机里有前天做的中饭，一盘清炒大白菜，一盘啤酒鸭，一碗杂粮米饭。我发给她之后，问她为什么突然要这个。她说，她正在写一篇有关如何有创意地表达的文章，想到了我。

做菜给自己吃，是一个人对自己的最基本的态度，也可以是创意性地表达自己对自己的爱的方式。她很感叹地说，正是因为看到我能认真地吃每一餐饭，哪怕是一个人也不马虎，看到了我对生活的态度，所以她也决定要好好地对待自己的生活，每天给自己做菜，而不是用方便面糊弄自己。

我坚持写公众号，是想让女儿看到老妈的写作能力，以及身上的狠气。她以前是不看我的文章的，说太长。其实是我的文章没能吸引她。现在她对我的评价是，文章看得下去了。她很早以前对我的另一个评价是，老妈身上差一点儿狠气。现在，她觉得能坚持一年多写了三百多篇公号文的老妈，还是有那么一点儿狠气的。

也许，大多数人终其一生，不过是用来完成自己对世界的表达。是的，这个世界并不完美，有疾病，有缺憾，有伤害，有冷漠。而那些在不完美的世界里也能把自己活得精彩的人，都是在用自己的生活进行最有创意的表达。

作为一个写作者，能够通过自己真诚的文字、生活态度、言行举止感染带动身边的人，我很开心。这让我相信自己的存在对于别人而言，是一份美好的提醒，如此把自己活成生命的礼物，真好。

前些天，从女儿的房间找出一块小黑板，她高中时代同学送她的生日礼物，挂在床头几年。现在，我觉得它最适合的地方应该是在阳台上，我种的那些绿植的中间。

上面写什么呢？

突然想起多年前看过便记在心里的一句话：哪怕明天是世界末日，今天，我也要做一个种莲花的人。

于是，我就在小黑板上用粉笔写下了这样的一行字：做一个种莲花的人。

是的，做一个种莲花的人吧，在这个不完美的世界里！

当我得到朋友们的好消息时，我知道，她们也在种自己的莲花，真好！

# |目录|

## 壹　灵魂有香气

一碗热干面／3

买菜的气质／6

又寂寞,又美好／10

看　到／14

手艺人／19

每个人的修行之道／22

久别重逢,高兴就好／25

世间最美的曲线／31

我想找到你／35

脸上的皱纹与心底的年轻／39

## 贰　世间女子

那些把平常生活过成诗的女子／45

流年中的那一抹红／50

闺　蜜／54

牛仔不在家／58

我们会老,我们会更好／62

我的名字叫绿茶／66

玛格丽特粉色／70

穿衣的功底／73

## 叁　江河之上,时间之下

喜　欢 / 79

蓝宝石戒指 / 84

这一分钟,我觉得好暖 / 88

美好早点铺 / 91

父亲在家门口的空地上撒网 / 94

这世间所有的路都不会白走 / 101

舌头打卷儿 / 104

优雅的吃相 / 108

购物车里有你的流年 / 111

目光交接,眼神确认 / 115

圆　梦 / 118

一种疼痛 / 124

惊艳时光的老照片 / 128

江河之上,时间之下

　　——船上的记忆 / 131

# 肆 美学的生活

一瞥之下，看到流年／137

合 一／140

琐碎的生活／144

背一首诗之必要／148

每一个今日都将成为回忆／152

全神贯注的时刻／155

请不要打扰那个发呆的人／161

携子之手，与子偕老／164

壹

灵魂有香气

# 一碗热干面

身为武汉人，过一段时间就想去吃一碗热干面。

如果哪天要去菜市场买菜，我会去与菜市场相隔一条马路的蔡林记热干面。那是武汉的老字号，临街铺面，面价也就略贵，4块5一碗，但绝对有品质保障，黑芝麻酱也是他家所独有。

如果不去菜市场，我就在离家几百米的王青家买。王青妈妈的热干面4块钱一碗，用的是普通的芝麻酱，价廉物美。

在这里过早（方言，吃早饭），最吸引我的是那种氛围。

王青家的早点摊就在学校教工宿舍的边上。来此过早的，都是在这一带生活了十多年的邻居，彼此之间有一种熟悉之后的默契与会心。谁不要葱花，谁要放辣，王青妈妈都了然于心，但是在下调味料前，她还是会问，放不放葱花？要不要辣？

万一人家今天的口味要变一下呢。

我一般要的是全料，王青妈妈用匙子很小心地给我放盐的样子让我感动。

"在这里吃，还是回家吃呀？"她通常会问我。

如果在这里吃，买好后就直接把面拌好，汤会少放一点儿。如果是拎回家吃，汤会多放一点儿，因为回到家面干了就不好拌了。

她对我如此，对其他来此过早的人也是如此。

今天一早，想着天气凉快了点儿，不如下楼去过早，呼吸一下新鲜空气，吃一碗热干面，看看王青妈妈。

七点半，她已经在那里忙活了。瘦小的身影在灶台、调味台、粉面摊之间转来转去，一刻不停地忙着，还跟来的人打招呼。

粉面摊边上有一个铁皮月饼盒，大家把自己的早点钱放到里面，要找的零钱也是自己拿。

过了一会儿，过来两个人，父女俩。

小女孩儿说："我们今天开学。"

王青妈妈亲切地对小女孩儿说："那你今天要多吃一些，好好上学哟。"

王青妈妈一边下面，一边和那个小女孩儿聊天，看来父女俩是经常在这里过早的熟人。

小女孩儿叽叽喳喳地说："我们今天要分班了，听说二班的老师厉害一些，我想分到二班。"

王青妈妈说："你自己好好学习，这比分到二班更重要哟。"

　　好多家长、孩子都面临的择班问题，王青妈妈的答案最简单，最实在。

　　我突然想，蔡林记的热干面和王青妈妈家的热干面，其实不也就是二班和一班的区别吗？我两边都会光顾，是因为，他们都在好好地做自己，这比什么都重要。

　　一个小小的早点摊，流动的是熟人之间的温暖；一句简单的家常话，让人感受到的是日常生活的美意。

　　想到这里，我甚至觉得，手中的这一碗热干面里，也有日常生活的美意。

# 买菜的气质

早上看了看冰箱。

还有两个鸡蛋，这是九月上旬带女儿回老家看父母时在镇上菜市场买的土鸡蛋。只剩最后两个了，有点儿舍不得吃，因为有家乡的气息。

冷冻室里还有两只海蟹，一袋爬爬虾，别人送的。当时还鲜活，冷冻后就让人提不起吃的兴致了。

有一个切下一块后还剩一大半的南瓜，放在冰箱顶上，估计还可以放一周吧。

于是，决定去买菜。

先去过早，体育馆对面那家面馆的粥特别好喝，要了一碗粥，一碗热干面。

我前面一桌，五个女子挤在一起过早。她们边吃边对账，谁付了油条的钱，谁付了牛肉粉的钱，要不要再买油饼，等等。

后面一桌，两个男士一个女士。他们先聊培训结束后带什么特产回家，之后又聊周末去哪里秋游。

那个女士说："就在武汉周边，轻轻松松的，主要是玩。"

又说到要烧烤，所以出发前要去菜市场买菜。

然后听到一个男士说："这个你不行，你身上没有买菜的气质。"

那个女士就咯咯咯地笑："还有买菜的气质啊，为什么说我没有？"

"一看你就是养尊处优惯了的人。"

另一个说："你大概一年就买一两次菜吧，我猜的。"

那个女士继续笑。

他们背后的我，看看自己身边的便携式购物袋，想，我身上有没有买菜的气质？

一定有。

过完早，直奔菜市场。进菜市场前看了一下零钱包，里面有 48 元，就按这个钱数来买菜吧。

在那对夫妻档前，妻子给我称菜收钱，丈夫跟我说："今天的甜豌豆很不错，买一点儿吧。"

我看了看那新剥出的豌豆，圆溜溜的，如珠玉翡翠，确实诱人，但是不在我的计划之列。

我身边在我之前买了一棵包菜的女士笑着说："太贵了，吃不起。"

我马上笑着附和："是的是的，吃不起。"

摊主就笑，说："你们还吃不起?"

我和前面的女士笑着施施然离开，她带着她买的包菜往左走，我带着我买的大白菜往右走。我在想，我和她的身上，大概都有买菜的气质。

看到一个摊上有油绿的茼蒿，喜欢，于是问价。

"3 块 5 一斤。"

"你帮我称 3 块钱的吧。"

看到油白菜，深绿中透着油亮，也喜欢。

"2 块 5 一斤。"

"那你帮我称两块钱的。"

我总是喜欢称一个整数，便于算账。而且，就算多了一角两角，老板就把零头抹了。

这算不算买菜的气质?

在卖蛾眉豆的摊子前，一个老婆婆在我旁边一个一个地拣选、检查。其实这家的菜很新鲜，但是老婆婆喜欢拣，就让她拣吧。我就在她扒开的一堆里抓了两把，装在袋子里称了。

又在他家买了萝卜、鲫鱼。等摊主把鲫鱼都处理好了，那个老婆婆还没有挑完她想要的蛾眉豆。

想起过早时听到的那句话，买菜的气质，大概这算其一。

买了茼蒿，本来想买五花肉一起做蒸菜的，后来一想，不行，还是少吃肥肉，于是买了一块猪肝。老板很体贴地递过一卷纸来，让我撕一些下来擦手。

这样的店我是愿意再来光顾的。

这样的掂量，算不算买菜的气质？

出菜市场时，我看了看钱包，还有7块多，经过水果摊，看着那一架的橙黄橘绿，想着要不要买一点儿，突然看到一抹柿子红。柿子！这个季节当然要买柿子，就算是不吃，看着它们也觉得养眼啊。熟透的柿子，皮薄肉厚，上面一层白霜，娇嫩得吹弹可破，于是挑了四个，小心翼翼地放在袋子里。

本来担心钱不够的，没想到才5块多，简直就像是赚到了似的。

这算不算买菜的气质？

回到家，把菜一一从购物袋中取出，该清洗的清洗，该收拾的收拾。

最后，发现钱包里还有两元硬币，我用46元钱从菜市场换来：一棵大白菜，一棵包菜，一根萝卜，三根蒿芭，一把茼蒿，一袋蛾眉豆，四个大柿子，一块猪肝，四条小鲫鱼，两块鸡胸肉。

此时，当我笑着写下这一切时，我觉得自己全身都散发着买菜的气质。

这气质，是我所喜欢的。

# 又寂寞，又美好

《至爱梵·高》的院线排期已近尾声，我和杨老师相约，赶着去了离家最近的那家影院，看了它家下线前的最后一场。

作为在梵·高诞生 125 周年之际向他致敬的一部电影，制作手法很特别，动用了全球 15 个国家的 125 位画家，通过 65000 幅油画制作成电影史上首部全手绘油画电影，历时 6 年多，堪称大片。

那些曾经在梵·高的画笔下出现过的风景、人物，都从画中复活，成为背景，成为主角，向年轻的送信人讲述他们眼中的梵·高在生命最后阶段的故事。

他为什么会死？自杀还是他杀？为什么？

并没有真正的答案。

从拿起画笔到骤然离世，8 年，800 多幅画作，这是一个用燃烧自己的生命来绽放光芒的人，就像夜空中的流星。

正如他自己所说："我想要用我的艺术去打动人，我希望人们说，他对事物的感受很深，很温柔……我犹如贱民，但我要告诉世人，我这个贱民，心有瑰宝，绚丽灿烂。"

他为自己以及自己的作品不被待见而感叹："我要是跟别人一样就好了。"

他内心早就酝酿了一场告别："时间对我来说太漫长了。"

而每一个与他的生命有过交集的人，对他各有评价。

送信的小伙说："再强的人也会被生活打垮。"他的父亲，邮局局长阿曼德·卢兰说："不，软弱的人才会被打垮。"

曾经看到他画画的船夫说："这人该是多么寂寞，一只偷食的乌鸦都能让他那么高兴。"

卖颜料的唐吉老爹说："文森特坚持在最后的时间里讨论生命，而不是死亡。"

而最触动我的一句是，加歇医生的女儿玛格丽特说："你那么想知道他的死因，你又有多了解他的人生？"

是啊，人们有多了解他的人生？

电影散场，和杨老师边走边聊天，她也是画家，对梵·高有更多的了解。她说自己在读大学时，有一次集中看了两位画家的传记，一位是梵·高，一位是达利，感受到了两个人明显的区别。她说，梵·高是真疯子，而达利是假疯子。梵·高的书信文笔优美，对尘世万物怀有深情厚爱，但他本人注定孤独一生。

达利是戴着疯子面具的艺术家，他有各种离经叛道的言行，但作品又能为世人所接受。他的作品就是印钞机，让他得享生前的荣耀与富足。梵·高生前仅仅卖出一幅画，而在他死后，他的作品赢得了巨大的声誉，屡屡被拍出天价。

杨老师曾在莫斯科的某博物馆看到一张梵·高的油画原作，画的是一个草垛，草垛下有两个人躺在那里休息。她说："画面很简约，但是一看就觉得不同凡响。"

我感叹："他在 8 年时间里画出那么多作品，真的不容易。"

杨老师说："他要是不画才是真的不容易。他不画他都活不下来。"

此言极是。他是命中注定要来画画的，他做了，顺心而行，顺势而为，心无旁骛，最终留下了那么多艺术瑰宝。也许，对于一位艺术家而言，真的可以不以时间计生命的长短，而以作品论生命的厚度。

她说，梵·高在画画期间是近乎疯狂的。有一次，他和别人约好第二天早上五点集合去某地画晨景。他夜里两点就起来收拾东西，画架颜料画布都收拾好，才三点，他就在那里等待。

他和高更在"画家之家"一起画画的时候，生活非常艰苦，用装过颜料的铁皮罐煮东西吃。

……

和杨老师一起去看这部电影真好，她所讲的这些在电影中并没有提及，大大丰富了我对梵·高的认识。

电影中，他在嘈杂沸腾的咖啡馆里埋头画人物速写。

在大雨中画雨中的街道风景。

在烈日下的麦田里画金黄的麦浪与黑羽的乌鸦。

……

一个人一生中只有一段全神贯注的时刻，他用这8年，创造了一个永恒的艺术世界。这里有绚丽的漩涡般的星空，有生命力张扬的向日葵，有忧郁的鸢尾花，有色彩饱和到超出人们视觉舒适度的咖啡馆与房间，还有麦田、劳作的人们……

一些人因他的画而留名，比如，加歇医生。如果真的如电影中所述，那么可以说，加歇医生一方面疗愈过他，一方面又促发了他的死亡。

他和高更之间的友谊，相爱相杀。

他和医生的女儿玛格丽特，也有过爱吧。她一生未嫁，每周都去他的墓前送一束鲜花，可见内心对他有深深的怀念。

他和弟弟提奥之间的兄弟情，也令人唏嘘。

也许，我应该买一套梵·高的画册，经常看看。

这些画亦如他的生命，又寂寞，又美好。

# 看 到

今天去学校上课，风极大，好在有风衣，帮我抵挡疾风，让我觉得妥帖舒适，体会到一件衣服对人的好。

路上特别顺，竟然只用 40 分钟就到了学校附近。在那家早点铺过早，一碗粥，一个包子，一个苕面窝，酸豆角和酸辣藕丁佐粥，味道极好。

因为时间充裕，于是，一边吃一边看手机，在朋友圈看到好友的文章，写她陪母亲去给外公外婆扫墓的过程。

她看到母亲拎着大包小包，等不及绿灯亮就要过斑马线；在副驾驶座上所指不明地带路；在坟前清理杂草，却不要女儿拎东西；不让女儿去碰那些荆棘，自己的手上弄出血来，却说不疼。

母亲给外公外婆摆祭品，烧纸钱，跟他们说话，告诉他们为什么女婿没有来。母亲做这一切如此自然，如此专注，仿佛在与父母话家常，仿佛跟他们并未生死相隔。

最后，母亲还拿出一张歌谱来，唱颂一首歌给父母听。

好友一直用白描的手法写这一切，直到这时才说自己眼泪落下来。

而我早就流泪了。

一边喝着稀饭，一边泪流满面，这顿早餐吃得荡气回肠。

这是文字的力量。

其实是很平实的文字，没有什么华丽的辞藻。但在我看来，越是朴实无华的文字，反而越能打动人，因为真实的力量更能触动内心。

当然，我也得说明一下，好友在大学时代就是文艺女青年，后来投身于金融圈，不再舞文弄墨，才让我这样的人还有一碗稀饭喝。

跟好友当年住的是同一间宿舍，都睡上铺，我们当时选择上铺共同的理由是，腿长。当然，我们还有很多共同点，比如文艺。差别是我胖她瘦，我好静她好动，且一直如此。我们一起见证了彼此的青春、中年，我们的孩子都到了我们当年的年龄，却发现，我们也并没有把人生的风景都看透，我们都尚在成长中。

成长是一辈子的功课。

好友写此文是她参加一个成长团体的作业，应该是关于自我觉察训练的一部分。她在写这一切时，看上去是她在看，在写，但其实是用"第三只眼"在看，在写，所以不动声色，却洞察一切，纤毫毕现，并且令人动容。

她主要在写她的母亲，我也看到了她的母亲。哪怕她的母亲已当了外婆，当了奶奶，但在自己的父母面前，永远是女儿，永远孝顺谦卑且充满感恩。而在自己的女儿面前，哪怕女儿已经成年且已做了母亲，但她仍然习惯性地为女儿披荆斩棘，不让她受一点点儿苦。

这让我想到了我的母亲，何其相似。

好友其实也在写自己，虽然她落笔都在母亲身上，但此刻母女是互为镜像的存在。她在看到母亲的同时，一定也看到了自己，过去的自己，以及未来的自己，当然，最重要的是当下的自己。虽然不着一字，但我可意会。

于是，我也看到了好友，身为女儿陪伴母亲扫墓的她，我记忆中曾迎风朗笑的她，曾焦虑迷茫的她，以及现在正在养心修身自我成长的她。

看到她，也如同看到我自己。

因为，我和她在此刻也互为镜像，通过这篇文字。

能够看到，是多么难得。

能够感受，能够触动，是多么难得。

因为她的看到，我的看到，令我的这一顿早餐充满了唏嘘与感动，虽食不甘味，却又滋味绵长。

好的文字，好的情感与思想，好的表达，也是人间食粮，是值得传播的。

所以，在给学生讲课前，和学生互动时，我问到他们清明节放假是否回家。然后，突然想到，我为什么不讲讲好友的这篇文章，为什么不跟学生分享我的心得。

生活也是需要学习的，有时甚至比知识更重要。给学生讲课时，我会穿插讲一些这样随缘所遇但让我有分享欲望的内容，传达一种态度，对待生活、对待人生的态度。

我提醒学生关注最近两天的报纸、电视以及网络中与清明节相关的新闻、信息。而落实到个人，就是他们在这样一个传承千年的节日里，他们的感受与体验，他们的观察与思考。

大家过的是同一个节日，但是节日的意义因人而异。有的人在这一天追终思远，有的人在这一天踏青赏花，有的人在这一天关注的是美食。

就我个人而言，我对于清明节的认识也是到了中年，尤其是近几年才开始层层刷新的。这种刷新，与我在这一时间节点上遇到的人，听到的话，看到的文字有关。

比如今天，我看到了好友的文字。

看到一对母女一路行来，她们的路线，她们的形貌、动作、语言，这后面有丰富的信息。有母女之间的默契，有一个家族的故事，也有生者对逝者的告慰及劝解。逝者虽已远去，但仍然存在且有价值，以他们特有的方式。

所以，清明节仅仅是对逝者的追思吗？不，其实它也是一种传承，一种提醒。至少也提醒了我，不要以为父母在，清明节便与自己无关，其实更应该趁父母尚在，对他们多一些关心，和他们多一些交流，如此才能不留遗憾，不至于发出"树欲静而风不止，子欲养而亲不待"的浩叹。

学生们听得很专心。

我想我应该把这一幕告诉好友，让她不妨继续做个文艺女中年，多写点儿文字，为我多提供一点儿讲课的素材。

# 手艺人

大年初二下午，我和小弟一起告别了父母。我先送小弟到火车站，他坐高铁回宜昌，我开车回武汉。

"好吃佬眼睛尖。"经过干驿镇时，我虽然在开车，但还是看到了一个卖锅盔的路边摊。

我对小弟说："啊？初二就有人出摊了，我们要不要买一点儿锅盔带回去？"

刚好前面路边方便停车，我就把车停下。

小弟说："我去买。"

我将车停好后，也跟了过去。

小弟正对摊主说："我要十个，一个袋子装五个。"

我问摊主："多少钱一个？"

"五块。"

"啊？这么贵呀？"我笑着说。

"不贵，"摊主说，"平时都是卖四块的，今天是初二嘛。"

他把锅盔分装在两个袋子里，说："袋子不要系起来，要让它敞气。"

小弟把锅盔递给我，然后找我要了车钥匙，后半程他来开。

我就抱着两袋锅盔坐到了后排，刚出炉的锅盔，暖烘烘的，烘烤后的芝麻和面粉的香味在车里弥漫。坐前排副驾驶座上的女儿说："我好想吃。"

我拿出一个锅盔来，分成三份，前排的她、坐我身边的侄子、我，三个人分着吃。

味道真的不错，和我早年在卢市镇上读初中时吃的锅盔味道差不多，咸香，芝麻放得多，还有蒜香味，外焦里嫩，有嚼劲。而且这锅盔很大，如果在武汉，即使是在平时也可以卖五块，何况是在大年初二。

我一边吃着锅盔一边感叹："没想到这么早就有人出来做生意了。说真话，我很感动，像这样勤勤恳恳做生意的人真的值得尊重。如果这样的人都不能致富，那真说不过去。"

小弟说："是啊，财富都是靠双手创造出来的。"

小弟有一双能干的手，这次回父母家，帮着装好了新买回的洗衣机，帮我和大弟检查车辆。只要是动手的事，找他都没问题。

大弟也有一双巧手，他是厨师，今年的年夜饭他为我们做了一道清蒸鲈鱼，是年夜菜里最受欢迎、被吃得最干净的一道菜。

我看了看我的手，最擅长的，是打字。

其实，我也是手艺人，我也要勤勤恳恳，每天写一点儿，让自己的手艺不会荒废。

愿我敲打出来的文字里有泥土味，有花草香，有茶滋味，有小时光。

# 每个人的修行之道

每天早上习惯性地打开朋友圈，看看朋友们的新动态，特别有意思。

"第743天，第67遍。"这是一位坚持抄经的朋友发的。743天！这个数字是有力量的，因为，到目前为止，我坚持最久的一件事是写公号文，但也只坚持了467天。

因她的分享，我更加坚定了写下去的信心。

一位坚持唱歌的妈妈，晒她长期练声之后在圈子里的排名。

一位开花店的美女，晒了她新年的第一束花艺作品。

一位热爱美食DIY的白领，晒了她今天的早餐。

一位在微课上学习古典诗词格律的同学，晒了她学习的新知识。

很多热爱分享的朋友在转发他们看到后有所触动的文字……

这样真好。

每个人都在用自己的方式，在自己的日常生活中修行，从一点一滴做起，在日复一日中坚持。

坚持，让平凡之事也有了意义。

每每说到修行这个词，我都会想起一个外省的朋友。十几年前，我去她所在的城市，她请我吃饭。在点菜的时候，她对我说："我们难得一聚，我是真心诚意请你吃饭。因为我吃素，不便为你点菜。你就自己点自己喜欢吃的菜，不论荤素，不论价格，尤其不要考虑我。"

她说这些时，十分平静，十分真诚。

她是我所认识的同龄人中最早开始吃素的。

及至十余年后，我们再次因机缘而相聚，她仍然吃素。当时一大桌子菜，其他人大快朵颐，她斯斯文文地吃着素菜，很淡然，很享受。

相安无事，各自适意，这样很好。

她曾经写过一篇文章，讲到她的一段经历。早年，当旁人听她说她吃素时，有人会惊讶、不解，甚至试图说服她放弃。后来，也是在一次朋友的饭局上，大家又聊到这个话题。有人问她："你为什么一定要坚持吃素？"她笑笑，没有回答。这时一位长者替她说话了。长者说："其实，你们不用问她这个问题了，在我看来，这就是她自己最好的修行之道。"

朋友说，当下她视之为知己。

把吃素当作自己的修行之道，一句便解释了一切。

从十几年断断续续的消息中，我知道她过得很好，身体健康，家庭美满，事业有成。如果要做简单的归因，只能说，一个能管住自己嘴的人，也能管住自己的心，有足够的自律，她的生活不会差。这就是修行的功德。

而且最可贵的是，她没有因自己茹素而去干涉他人。她按自己的原则择食，对肉食者并无非议与不屑。我一直记得她坐在我们中间泰然淡定、安之若素的样子。大概到了最后，真正的修行之路是顺乎自然而不需要坚持的，做自己就好。

每个人都有自己的修行之道，茹素是修行之道，练声、写诗、写作文、做手工、练瑜伽、阅读、游泳、跑马拉松……也是。同道者众当然好，不孤单，有陪伴。但真正的修行，往往在寂寞之地，要去往人少的地方。做自己喜欢的事，也允许别人喜欢做别样的事。不要把自己的热爱加诸他人身上，即使是同道，也不要求他人热爱的程度如你一般。

总之，每个人都有自己的修行之道，守初心，且践行不辍，终有一天，当你发现自己已经到了享受这些事而不需要用"坚持"这个词时，便已臻化境了。

# 久别重逢，高兴就好

初夏，某一天清晨，我去电视台录节目。从小龟山地铁站 B 出口出来，走了十来米，听到我身边有人在激动地大喊，循声看过去，是两个老爷爷。高个子老爷爷对着手机在说自己的位置，问对方在哪里。矮个子老爷爷乐呵呵地连说"高兴高兴高兴"。

十几米外，走过来一个老奶奶，有七十多岁了，头发全白了，但是挺精神的，脸上带着矜持的笑。

"哎呀，我们终于见到大姐了，高兴高兴。"三个人握着手，在那里寒暄。

那个矮个子老爷爷不会说别的，只会说"高兴"。

那是真的高兴。

他们仨大概是因为地铁站的出口说得不统一，以致绕了一圈才碰上头，而且应该是多年未见，否则，不会这么激动。他们是同学，还是战友？是同事，还是朋友？不好说，也不必问，我只是一个从他们身边匆匆而过的路人。

但是，我也被他们发自心底的喜悦感染了。

当时，颇有些羡慕，还有一丝丝惆怅。我想起了我的老同学们，我和他们都失去了联系。其实原因都在我自己，一来生性散淡，二来当年毕业后求职辗转。所以，每每听好友讲他们同学会的盛况，我就只有听的份。

没想到，入冬之后，原本蛰伏藏纳之季，我的初中同学、高中同学纷纷现身，当然，是在网上。

一切都是机缘巧合。

如果不是那天去参加东方明见的活动，我就不会遇到张老师。我坐最后一排，她来时坐到我旁边的空位上，茶歇时我们聊了几句，得知她的单位。此前，曾听闻我的初中同学文在那里工作，向她打听，文果然在那里。临别时，我请她代我向老同学问好。

第二天，接到文的电话，再后来，就约着见面。

当我们在水果湖的东二路相遇时，太开心了。

三十余年不见，再见已人到中年，但眉眼间依稀是旧时模样。说起各自的生活，都已走过千山万水，谈笑间，却如履平川。

这就是中年啊。

后来她把我拉到了初中同学群里，进群后我的第一句话就是：原来你们都在这里啊。

分别和当年相熟的同学打电话、视频聊天，大家的眉眼间风霜渐侵，但性格并无太大改变，人生也是各自精彩。有做工程师的，有做管理的，有当医生的，有当老师的。走得远的去了异国，也有一直在我们读书时的镇上工作生活的。大家在群里发当年的照片，都是黑白照，且已褪色，但还能辨认；再发发近照，便齐声感慨岁月是把杀猪刀，刀刀催人老。

那天一边吃中饭一边和娥视频聊天，她在镇上的医院工作，我一度还在那里打听过她，没想到半年之后和她相见了，在视频中。

她还是那么爱笑，那么热情开朗，她那里同学的信息最齐全，这跟她的性格有关。

每说出一个名字，就感觉当年那个十三四岁的孩子似乎就在眼前，稚气未脱，眼里有光，心里有梦。

和当年的同桌春语音聊天过一次，她现在是中学数学老师。她说当年曾有一个愿望，是和我同桌，这样她的语文成绩会好起来。后来如愿以偿，很开心。

这是我当年并不知道的，现在听到这样的故事当然很开心。

记得她的数学很好，画画也很好，还记得她苗条、大长腿，是个运动健将。问到现在，她笑着说，已经成了胖子，硬是瘦不下去了。

随着和她们的聊天，有关初中生活的记忆一下子鲜活起来。当年简陋的集体宿舍，教室后面风一吹就哗哗响的白杨树，校园西南角给我们疗愈饥饿的热气腾腾的食堂，食堂门前那一口打出的水总有一股铁锈味的老水井。当然还有老师们，他们的音容笑貌，当年的趣闻逸事一一浮现在眼前。想来，现在他们都已是六七十岁的老人了。

过了几天，初中同学荣在微信上问我认不认识娟。我以为是初中同学，一时没想起来，她说是我的高中文科班同学，我这才转换方向。没想到，她俩有联系。原来，她俩的母亲是同学，而且现在她俩都在美国，荣定居美国，娟在美国做访问学者。

她把我的微信名片给了娟，很快，娟加了我。然后，在一个阳光灿烂的上午，她所在地的晚上，我们用微信语音聊了近一个小时。

那些沉睡的高中记忆也一一苏醒。

高中时爱好文学的她现在是大学教授、诗人、翻译，她说话的语调语速、用词的文雅斟酌，跟在高中时一样。

经由她，我进了高中同学群。

真的有些晕，近三十年没有联系，在群名单上看到好多人的名字已想不起他们的样子。

而我在他们的眼里也一样，倒是有个同学对我有印象，他说："是一个个子高高的女生。"

看来长得高真的是优势。

好友蓉正在上课，她下课后马上加了我的微信，然后我们用微信语音聊了一个小时。

当年读大学时我们还互相写信，但是毕业时断了联系。后来虽然常常想起，但也没有刻意去打听，好像就是为了等到现在的这一场久别重逢。

我们聊了自己的这些年，以及同学的信息。她和高中同学的联系较多，所以基本上是我问她答。这些同学中，有一直保持联系的，偶尔还有聚会；有曾有联系后又失联的；还有一直没有联系消失在人海的。

早在和自己的中学同学联系上之前，和杨老师在某次散步聊天时，杨老师讲到自己的同学会，说有一个同学，别人拉她入群，她一声不吭退了，再有人拉，她又退群。杨老师问我这是怎么回事，我说，无非就是这样的三种心态：在自己的世界里过得很好，不需要再知道以前的事，也不想和故人有任何交集；或者自己的生活过得不那么如意，不想让故交知道；或者是故人中有她特别不想见的人，为了避开他，索性避开所有人。总之，就尊重她的选择，随心也随缘吧。

后来渐渐得知，高中同学也是各自精彩，有据说做生意早成了亿万富翁移民的，有平步青云前途无量的，有当了大学博导的。不过，大多数人都是像我这样的，普普通通、平平淡淡，也是另一种幸福。

不必羡慕他人，也不必菲薄自己，只要自己努力过，不曾虚度，就好。

那天，蓉告诉我，高中同学中有三位已经不在了，有一位是正值青春时因意外而去，另外两位人到中年因病而逝。听闻消息，不禁唏嘘感慨。

其实，能活着就好，世间还有你我的消息，大家还能在一起抢抢红包，互相调侃几句，已然接近幸福。

那天，初中同学群又有新人入群，在大家强烈要求他放上近照以验明正身时，他冷不丁地来了一句：照片还是不要看了，当年祖国的花朵，现在都成了祖国的盆景了。

当时大笑。

花朵有花朵的美丽娇嫩芬芳，盆景有盆景的古朴遒劲沧桑。

此时的自己，就是最好的自己，接纳就好。

久别重逢，唯愿老同学一切都好，心里只有两个字：高兴。

高兴就好。

# 世间最美的曲线

周末，我和杨老师一起，来娟这里聚会。

杨老师是此次聚会的主厨，做她最拿手的水煮鱼。鱼由娟买好，杨老师自带调料，里面有花椒、八角、蒜头，但最重要的，她说，是一包藤椒。

她说："必须是这个，普通的花椒没有这个香。"

我们到时，周姐已经到了，我们分头开始忙，洗菜的洗菜，切菜的切菜，我来之前带了一幅绣品、一块衬布以及针线，准备现场给娟做一个杯垫。

在她们择菜洗菜的过程中，我做完了这个垫子，后来上火锅时，把它放在桌垫底下，火锅在上面压着它，把它熨得平平整整的，正好。

娟这里虽小，但是，六个人聚会，刚刚好，一桌丰盛的菜品在俯仰转身抬手之间即可完成，大家说说笑笑间，菜基本上准备好了，天也聊了。

杨老师在精心烹制水煮鱼，千张丝、豆芽菜汆水，捞出，再将鱼片汆熟，铺到千张丝和豆芽上。然后另外起锅烧油倒入盖住锅底至少两厘米的油，油烧热，把大蒜头、姜丝、辣椒倒入，等到蒜头颜色开始变黄，蒜香溢出，再把藤椒放进去。最后将这小半锅调料倒在刚才已做好的一锅食材上。一股浓浓的香味扑面而来，一锅色香味俱全的水煮鱼做好了。

斟上红酒，就可以开吃了。

水煮鱼的味道真的很好，而且是越到后来越好吃。

那包藤椒果然后劲足，麻味渐渐地渗透出来，有它提味，鱼的鲜味充分释放。这一锅汤里后来再加生菜、胡萝卜、茄子，甚至面条，中间还兑过开水，都不减其味。

饭后喝茶，人到中年的话题自然免不了提及自己曾经走过的弯路。

我说，其实弯路也是路啊。

这世界，你走过的每一步都不会白走，弯路也一样。有些时候，弯路也是自己命中注定要走的路。

然后我想起几年前的一幕，大概是 2013 年的五六月间，我到重庆参加高校心理学年会。在回武汉的飞机上，透过舷窗看窗外的云层，以及云层下依稀可辨的大地。突然，我看到两条河流，它们弯弯曲曲地延伸着，真的好美，情不自禁地拍了好几张照片。

当时还没有微信，我就在自己的 QQ 上分享了照片，附言一句：最美的曲线是河流在大地上的蜿蜒。

那九曲回肠的河流，当你走在它的岸边时，它是直的。但是，从空中鸟瞰，它是如此曲折迂回。

这世界上所有的河流都是弯的，河流的里程在它的每一个弯度里、每一次回转处。

人生，尤其是像我们这些所谓走了弯路的女人的人生，正如一条九曲回肠的河流，看似费了周折，但其实，看过更多风景。试想如果起点到终点是一条直线，多单调无聊啊。

如此一想，甚慰。

聊到兴起，阳光给大家做瑜伽的示范，她的身材是真的好，作为两个孩子的妈妈，即将退休的她，身姿仍然如少女般曼妙。

周姐则给我们表演了她新学的舞蹈，她说是跟着视频自己学的，有的时候在东湖边锻炼时，会随着音乐跳上一曲。

一时兴起，我说，谁跟我学游泳？我会自由泳、仰泳，而且也都是自学的。

娟马上说，我学。

杨老师说，我可以教大家画画呀。

我学我学。我第一个举手。

……

这一群女人，真的是动静相宜。

我们一起参加读书会，偶尔在家里小聚，交流厨艺，分享养儿育女的心得，说说身边事，聊点儿私房话。

这样逸兴遄飞的时刻，让人觉得，生活真美好。

到了告辞的时候，娟把她的同学快递给她的血糯、板栗一一分给大家。

杨老师把她带的藤椒也分了一些给大家。

人生就是这样的，聚散有缘。

在一起时，且畅饮，且欢笑；离开时，也不觉得孤单寂寞。

即便偶尔有所伤感，那也是你应该消受的生活给予你的一部分，且受之且安之。

如同河流与河流，与其他的河流交汇，会有浪花，会有喜悦，会丰富宏大，但最终，河流会归于平静，静静流淌。

静水，深流。

# 我想找到你

晚上，在电视台录完节目回来，在小区门口碰到毛毛妈。她笑着对我说："正好有一件事要找你。"

原来是她的一个中学同学通过她的朋友圈分享看到了我的文章，知道我是华师毕业的，想问我能不能帮他找一个 92 级的女生，他失联的高中同学。

他留下了那个女生的名字，但不知道她当时所在的院系。当年他和她也只是在华师的校园里匆匆相遇，女生告诉他她在华师读书。

那个年代，没有手机，没有微信，没有现在如此方便的通信工具。匆匆一面，就此别过，再无音讯。

现在他希望联系上她。

但是我不认识这个女生，只能建议说，上校园网或者人人网看看。

若干年前，我们班同学曾在校园网上重聚，后来办了一次同学聚会。相顾都是中年，当年芳容依稀可辨，我们共同的校园生活的记忆停留在二十年前，中间大段的空白无从说起，话题跳荡到现在，就是各自的事业、家庭、儿女，中年人所关心的不外乎如此。对当年情愫，或欲言又止，或借插科打诨表露一二，想想也挺有意思。

借着这个话题，我和毛毛妈闲聊了一会儿，一致认为，她的同学当年肯定是喜欢这个女生的。

如果没有喜欢，错过即成路人。正因为喜欢，所以放不下，想知道她现在的消息，想知道她过得好不好。

心事如澜，欲静而风不止，于是继续荡漾。

可惜我帮不上他。但我相信，终有一天，他会联系上她。

因为这世界看上去很大，但有时候，很小。

有一年，我的好友娟突然喊我出去吃饭，席间有一位陌生男子喊她娟姐。我正在纳闷，他们两个人言笑晏晏间，互相补充着讲完了一个故事：娟去北京出差，飞机上他坐在她的旁边，两人并没有聊天。但到了北京，发现竟然住同一家酒店，在酒店的旋转门前遇到，觉得有点儿缘分，聊了起来。聊天中，男子得知娟是钟祥一中毕业的，马上问他，你认不认识一个人？

他报出来的名字，竟然是娟的发小的妹妹。

那男子当年在大学里追过这个妹妹，毕业后失去联系。而现在，竟然在一次商务旅行中遇到她的故知，有了她的消息。她一切都好，而他也一切都好。

这是一个充满巧合而又皆大欢喜的故事，他很开心，我们听故事的人也很开心。

　　世界真的很小。

　　而我自己在杂志社工作时，也曾帮人找过人。

　　某天接到一个上海的读者打来的电话，他说他想找他的一位初中女同学。同学的父亲在鄂州某政府部门工作，他猜测同学毕业后应该也进了那个单位，让我们帮着找鄂州某政府部门的电话。当时我被他讲的这一段初恋故事感动，刚好我有同学在鄂州，我打了同学的电话，让她帮忙，最后居然真的帮他找到了那位女同学。

　　后面的故事我就不知道了。

　　我只知道，我只是一个大故事上的小环节，但是，必须经过此环，才能环环相扣。

　　无法扣环的，有的是真的无从找起，有的是，主动放弃。

　　我的一位朋友曾告诉我，她到现在还记得当年男友的电话号码，但是分手后就再也没有拨打过。她已放下那段感情，现在只好奇一件事，十几年过去了，那个号码变了吗？

　　我笑着说，你并未放下。

　　我把自己的手机递给她，说，不然，你可以用我的手机拨过去试试看。

　　她笑着拒绝了。

按照社会学的六度分隔理论，如果你真心想要和这世界上的某一个人建立关系，平均下来，中间只需要六个人就可以了。这也是社交网络研究中最著名的理论。

再细致地想，是这样的——

原来，我们每个人都可能是世界上另外两个希望建立联系的人之间的重要一环。

我们每个人，都可能是世界上另外某个人希望联系上的那个人，只是，我们不知道。

我们每个人，内心多少都有想要寻找与联系上的那个人，可是对方不知。

……

但是，功到自然成。

所有的相遇都是久别重逢。

所有的重逢都因为那一场场邂逅。

所以，请多情地对待这有时候看上去无情的世界吧。

# 脸上的皱纹与心底的年轻

盛夏时节，受中国女性杂志的委托，我去采访了一位老人——刘忠兰老人，其家庭被评为全国最美家庭之一。

她住在青山区的楠姆庙火车站附近。

楠姆庙是不在了，但是这个地名还在。

见到老人家，还有她的大儿子谢大哥，他说下下周要给母亲过八十岁的生日，我真的很惊讶。老人家有八十岁了？看不出来。老人家身子骨很硬朗，行动利索，思维活跃，说话声音响亮，虽然满头白发，但是脸上的笑容很灿烂。

她祖籍湖北仙桃，年少时跟着父母逃荒到咸宁，在那里认识了谢大爷。谢大爷原来是湖南人，幼时父母双亡，很小就参军，经历过抗美援朝，回到地方后在铁路上工作，沿着京广线流动。在咸宁，两个年轻人萍水相逢，结下姻缘，相伴着从青丝到白头，是真正的患难夫妻。

几年前，谢大爷因癌去世，孩子们都邀请母亲搬到自己家去，但是刘忠兰老人坚持要住在自己和老伴过了大半辈子的老公房里，因为这里有满满的回忆，是自己真正的家。

她带我参观她的家，她的家是建于五十年代的老公房，低矮，简陋，但是收拾得干干净净。

看到墙上挂着两位老人补拍的结婚照，谢大爷穿着西服，老人家披着洁白的婚纱，一脸的幸福。

"老头儿要是还在该有多好啊。"老人家说起自己的老伴，眼圈红了，"没办法，他一住进医院就知道自己回不来了……"

谢大哥拉了一下母亲的手，然后对我说："我父母这一生感情可好了，都没怎么吵过架。"

老人带我参观她的家。"这是老大结婚时的房子。"老人家说，"墙上的墙纸是我们自己贴的。"

"这是老二结婚时，我们加盖的一间房子。"

"后来又在旁边盖了一间厨房。"

……

如燕子筑巢，他们一点一点地修缮、扩建，在老公房的外围居然做成了一个小小的四合院，加一起也有一百多平方米，小小的天井里种着各种植物，桂花、玉兰、栀子，都是有香气的植物。

"我父母都是闲不住的人。"谢大哥说，"这里原来都是荒地，父母带着我们去开荒，种绿豆，种藕，我们吃不完的就和当地的村民换米吃，因为那时候不允许卖，只能换粮食。"

"我们家虽然子女多，但因为父母勤劳，我们没有挨过饿，也从来没有觉得自己穷过。"

但其实很不容易，当年只有谢大爷有工资，刘忠兰老人带着一帮妇女在红钢城打零工。按政策，现在老人家也有了退休金，而且儿女孝顺，完全可以不用再劳作，优哉游哉地安度晚年。但是她仍然闲不住，每天还负责做社区的卫生，还是喜欢开荒种地。

社区卫生是当年谢大爷自己给自己揽的活儿，每天纯义务打扫附近的一个公共厕所，几十年不间断。谢大爷走后，刘忠兰老人接过扫帚，坚持做这件事。

做完卫生，老人家再去离家不远的地方，那里有她开荒出来的一小片菜地，她在那里浇水、间苗、施肥，忙得不亦乐乎。

扫地是辛苦的，但是看到被自己打扫得干干净净的路面，是快乐的。挑水浇园是辛苦的，但是看到万物生长，果实累累，是快乐的。

最关键的是，劳动带给她健康和活力。

大儿子也在铁路系统上班，单位就在附近。他单位的同事，每每提到老人家，都亲热地喊她妈妈。单位组织旅游，一定叮嘱他，要把妈妈带着啊。

年轻人喜欢和她在一起，是因为她开朗、积极、阳光，特别能感染人。看她和年轻人的合影，笑得像小孩子。

原来谢大爷的同事都叫她谢家嫂子，现在，儿子的同事有些也沿袭这个习惯叫她谢家嫂子，她笑着说，可以啊，叫我嫂子也好，并不觉得别人是没大没小。她甚至调皮地逗人家，你就叫我姐姐好了。

一个成天笑眯眯的人，她的脸上有的不是皱纹，而是笑纹。

我被这些笑纹感染，也笑了起来。

这个家，每到周末就充满了欢声笑语，她的儿女、孙子都会从这个城市的东南西北聚到这里，聊聊天，吃老人家做的菜。或者各自下厨，施展自己的手艺。吃什么并不重要，重要的是他们是一家人，好大一家人。

邻居们都羡慕。

小媳妇小嫂子们都说："唉，我当年怎么没有福气嫁到您家里来哟。"

老人家笑着说："怪我怪我，没有多生几个儿子。"

她真的是我所见到的活得最年轻的老人，那种年轻不是用服饰打扮出来的，不是用化妆品保养出来的，而是从心底里流淌出来的。

贰

世间女子

# 那些把平常生活过成诗的女子

有一个作者，我们从来没见过面，微信朋友圈成为彼此交流的窗口，在这里可以分享不同的生活。

她的女儿刚刚上高中，她在学校附近租房陪读。虽然是租来的房子，但她一点儿也不将就。床单被套都是精心挑选的，明亮雅致的色彩、全棉的质地给母女俩带来愉悦的心情。

她给女儿做饭更是用心。孩子带到学校的便当盒里，绿的红的紫的蔬菜和米饭搭配得像一幅画。即使是一道平常的蒸蛋羹，她也会搭配秋葵切成的薄片，看上去就像绿色的小花朵开在凝脂般的黄色蛋液上，令人惊艳。

最令我佩服的是她亲手做的点心，蛋黄酥、慕斯杯、提拉米苏，她都不在话下。一个妈妈的爱与用心，才是喂养孩子的真正的人间食粮。

我在想，她何以能够静下心，做出这样的美味？

她自己给了答案，她说她的母亲曾笑她，这是把过日子当绣花。

是啊，用这样精致的心来过日子，可不就是每一天都是一片锦绣。


我在书画班认识一位大姐，她已经退休，当了外婆，但是心态特别年轻。

她从小热爱艺术，唱歌、跳舞都是高手。现在，她静下心来学画画。每学一种新的内容，她回到家都会练习良久。

有一次，我们画牡丹，下一次来上课时，她带来一幅很大的画，上面画着一个插满了牡丹的花篮。她说画这一幅画时，夜里一两点了都不想睡，越画越兴奋，就趴在画案前一直画下去，手肘把画纸蹭破了都不知道。

专注和认真，让她的画技进步神速。

后来她出去旅游，总是随身带着速写簿，看到美的风景就会画下来，然后发到朋友圈。

对于画画这件事三天打鱼两天晒网的我，每每看到她的分享，都一边为她点赞，一边惭愧。如果我也能像她这样专注认真，画艺一定也精进了。


还有一个朋友，她热爱旅游、阅读、写作。

认识她之后，我关注了她的博客，看她在六七年的时间里，去过江南小镇、拉萨、澳门、香港、东南亚、日本等好多地方。喜欢的地方，她会一去再去，而且每次她都是一个人行走，从不跟团。

她热爱坐火车、住民宿，随身带着书和咖啡。

每到一处，她都会早起，逛早市，静静地观察与体味当地人的生活。

旅途中的人和事，客栈里的一扇有风景的窗子，当地的食物和天气，寂静与繁华的交叠，甚至是某个时刻的空白之美……她都能敏感地捕捉到，然后变成优美的文字，或者定格为精美的照片。

作为宅女的我，每每看她的博客，似乎也随她走了万水千山，真好！

我的身边还有很多有趣的女人，她们用自己的慧心把平常的日子过成了诗。

一位医生朋友，她热爱旗袍，于是组织闺蜜购买或者订制美丽的旗袍，然后在特别的日子，大家相约穿着旗袍聚会，把40＋的岁月，也过成了花样年华。

一位美女姐姐，热爱整理收纳，甚至还专门去日本学习收纳整理术。她把自己的家收拾得井井有条，既舒适又雅致，先生一下班就回家，因为太温馨了。

还有一位美女妈妈，是我们身边的营养专家。她会告诉我各种食物的营养价值，最好的食物搭配，以及各种保养秘诀，让美丽从健康开始。

我游泳时认识的一位老奶奶，七十多岁了，常年坚持游泳。她穿红色的连衣裙，笑容灿烂，给我们秀她手指甲上的十个月牙。在她身上看不到一丝老人的暮气。

……

她们是我的榜样，给我传递美的愉悦与提醒：身为女人，在尽到自己为人妻为人母的责任之余，在工作忙碌之外，要活出自己的灵动之美，让日子过得有诗意。

其实并不难，只是需要你找到自己的所爱，并为之投注心力，享受过程，然后，就是日复一日地坚持、自律。

至于我自己，令我自豪的，大概是我的种草能力。

家里有十五年以上的海芋，十二年以上的芦荟，五六年的吊兰、常青藤，各种多肉……它们在我的照顾下，长得茂盛无比，并且分出无数的子株。我把它们移植到大大小小的花盆里，在适当的时机送给朋友。

其实，我并没有付出太多，但是，它们给了我如此慷慨的回报，让简单的家有了绿意，让我的朋友们都以为我是绿植达人。

其实，我只是比较了解它们的天性而已，我能够在它们需要的时候浇水、剪枝、施肥，在它们分蘖之后换盆养根，在养成之后，开开心心地送人。

养这些植物最受益的是我，侍弄它们是愉快的。养好它们，自己常年对着电脑的眼睛可以看到更多的绿，得到休息。孩子也因此而爱上了植物，从而对自然有了更多的亲近和理解。

　　我一直梦想有一个小院，我在里边种下栀子、月季，还有兰草、罗勒和薄荷，以及四季菜蔬。

　　种绿植是我在岁月里写的诗。

# 流年中的那一抹红

在候播室里，我正在看书，来了一群阿姨，她们是我们那一档节目的观众。每个人都精心打扮过，三五成群地聊着天，等待编导通知她们进场。

有一位阿姨坐在了我旁边的座位上，她并没有参与到和其他人的聊天中，而是拿出一张照片，在那里静静地看。

我拿水杯喝水，好奇地看了一眼。什么照片让她看得这么入神，而且嘴角还带着笑？

她抬头看到我，笑着说："这是我的初中毕业照，给你看看。"

我有些受宠若惊，为自己能得到一个陌生人的分享。

我接过照片，那是一张不算太大的黑白照片。

"这是1957年我们初中毕业时拍的纪念照。"她说。

不用说我也看到了，在照片的左上角，有一行手写体：1957，24中，毕业纪念。

1957 年？掐指一算，这是一张 50 多年前的老照片了。

再看照片，全是女生，分三排，挨挨挤挤地站在一起，微微侧着身子，微微带着笑意，脸上既有几分稚气，也有几分青春的气息。

她说，这 54 位姐妹，毕业后有的升了学，有的参加了工作，有的迁到了外地，现在只有六七个还在武汉，还经常保持联系。

"我们准备把所有同学能够联系的都联系上，搞一次同学聚会。我想把这张照片翻拍、放大，你帮我看看可不可以。"

我仔细看那照片，保存得很好，应该是可以翻拍的。这一细看，发现虽然是黑白照，但上面的女孩子们的嘴唇轮廓都很清晰，且颜色深重，好像涂过口红一样。

"你们当时涂口红了吧？"我问，那个年代好像很少有口红。

她就笑了起来："是啊，是啊，我们是涂了口红，很特别的口红哟。"

"有多特别啊？"我很想知道。

她说："在照相前，班上最爱美的那个女同学说，要是能涂点儿口红该多好啊，有了口红，人都精神一些。她这一说，我们都觉得是应该涂个口红，初中毕业我们就是大人了，应该有点儿不一样。可当时哪有口红呢？就算家里有，也不敢拿到学校来呀。怎么办？这时，有人提议用红墨水。于是大家将钢笔中的红墨水涂在了嘴唇上。你别说，还真的管用。"

"啊？红墨水？"我很惊讶。

"是的。你没想到吧？"阿姨得意地说，"现在要买一支口红很容易，我孙女有事没事就买口红，还给我买，但我好怀念当年涂在唇上的红墨水。"

她笑着讲，我笑着听，一个红墨水当口红的故事。

"我们准备 10 月 10 号同学聚会。那个时候伢们（方言，小孩儿）都休完假了，上班了，我们也不忙了，大家就聚一聚。"她说，"我现在就想着到时候不知道还认不认得那些几十年没见面的姐妹。"

"会认得的。"我笑着说，"您拿着这张照片一个一个地去对。"

"那肯定都长变了哟。"

"也不一定，肯定还有一些地方是不变的。"

我看看她，再看看照片，然后，指着其中一个女生对她说："您看，这不就是您吗？"

"啊？你怎么认出来的？当时我那么瘦，现在胖成这样了，你还认得出来啊？"

我笑了。

"您发现没有，照片上您的这件衬衣的领子是小碎花的，您再看您现在的这条连衣裙，也是小碎花的，而且花型差不多哟。"

她一看，呵呵地笑了起来，说："是啊，我这一生就喜欢小碎花。我孙女都帮我在网上买小碎花的裙子呢。"

她直点头，说："希望到时候我能像你这样，把老姐妹们一个一个都认出来。"

"会的。"我说。

这时，编导来招呼她们去影棚了，她就小心翼翼地收起照片，笑着跟我说再见。

"对了，还有口红，您今天涂的口红颜色很适合您。聚会的时候，您要记得带一支口红去，如果谁没有涂，就让她涂上。"

"好，你这个主意好。"她说，"我这个年纪的人一般是不涂口红的，但是我……"她小声对我说，"其实我挺喜欢口红呢。"

她开开心心地离开了候播室。

我低头去看手中的书，可我的眼前，仍然是那一帧黑白照片上的一张张青春面孔，还有那唇上的口红。

# 闺　蜜

我有两位闺蜜，都是大学老师，一位教美术，一位教英语。她俩都姓杨，所以下面分别简称小杨老师和大杨老师。

前一段时间我教小杨老师认识了小恶鸡婆和婆婆丁这两种野菜。她兴趣颇浓，在百度上搜索，然后识得一批野菜，比如苣荬菜、灰灰菜等。她发图片给我，相约有时间一起去寻觅。

周五下午，难得都有闲暇，她约我，又叫上大杨老师，去附近的大学校园找野菜。那里有大片的树林和草坪，应该有野菜。

三个看上去还蛮知性的中年女子拎着袋子在树林和草坪上晃悠，画风似乎有些诡异，但我们不管，只顾低头寻找野菜。

先找到的是苣荬菜，我们蹲在那里一边挑，一边讲各自认识的药材、野菜。小杨老师说，野菜基本上都是中药材，我们是一举两得呢。

后来在梅园的草坪上看到好多车前子草，知它是一味中药，我们都没有吃过，决定挖点儿回去尝一下。

我好不容易在树底下发现了一丛小恶鸡婆菜，赶紧指给她们看，她们高兴地将之收入囊中。

遗憾的是没有看到婆婆丁，但苣荬菜和车前子已经让我们很喜悦。

说是找野菜，其实主要是散步、聊天。

聊到人到中年健身的重要性，我讲了游泳给我带来的改变，手指甲的月牙儿增多，睡眠质量提高，似乎也苗条了一点儿。

小杨老师不会游泳，我告诉她可以先在网上找视频看，琢磨人家是怎么游的，再到游泳池去练习，肯定学得会。

"可是我怕水啊。"她说。

"克服怕水的心理，这是关键。"大杨老师讲了她自己的经历——十几年前的夏天，回老家过暑假，在她老家门口有一条河。她带着孩子在河边玩，不小心在一个有坡度的河段滑倒，被河水冲刷着，一开始挺慌，但后来发现自己竟然浮起来了，她就开始一次次地浮水玩，先是不怕水了，再后来就学会游泳了。

"是的是的，克服心理上对水的畏惧很重要。"我对小杨老师说，"你要相信人是天生会游泳的动物，小宝宝一出生就会游泳，因为他本来生活在羊水里，只是出生后离开了水，才变得不会游泳的。"

她听得两眼放光，说："那我也去学学。"

"一定要去，当你学到一项技术，一种能力，你会觉得特别有成就感。"我用自己的经历鼓励她，"我一开始只会仰泳，可是这半年来，我通过自己的努力学会了自由泳和蛙泳。"

她说："好，我去学。"

转了一圈，我们到大杨老师家喝咖啡。

她给我们展示她最近习得的咖啡冲泡方法，泡出的咖啡果然很诱人。

闲聊中她告诉我们，她最近在听《哈利·波特》的英文朗读。作为一个从教二十多年的英语老师，她还每天看英文原版书，听英语节目，以保持良好的听力和语感。

这对我很有启发，凡事还是得坚持。

我感慨自己关注的公众号多但打开的少，因为看手机耗眼睛。小杨老师给我推荐了一款可以将文字转化为语音的手机软件。

她把我的公众号文章调出来，演示给我听。我听到一个有点儿林志玲风格的女声在读我最新推出的一篇文章，觉得很好玩，赶紧让她教我。在她的指点下，我下载了软件，试着用了一下，还真不错。

这让我很兴奋，又学到了一项小技能，真好。

能够保持对生活的热情和敏感，有求知欲，有学习的激情，真的很好。

比如这样的一个下午，能够认识几种植物，知道它们的名字和特性，是一种学习；了解学习游泳的方式与路径，帮闺蜜做一做心理建设，是一种学习；学会一种咖啡的冲调方法，学会一款手机软件的使用，也是一种学习。

这样的学习是免费的，随机的，信手拈来的，但同时，也是快乐的，立竿见影的，集腋成裘的。

我们爱学习，同时也把学习当作日常生活中的一份小礼物，赠予身边的朋友。小到一个菜谱，一个知识点，某段人生经验与感悟，大到一项技能，都能带来改变，带来幸福感。

前提是，我们能够自己先拥有足够的储备、开放的心态以及学习的习惯。

经由这些，我们的生命更丰富、更美好，我们能够与时俱进，永葆活力，这样真好。

# 牛仔不在家

曾经在一篇文章中看到一句话：女人过了四十岁，就不要穿牛仔了。

还看过类似的告诫：女人过了五十岁，就不要穿长裙了。

呃，生活导师太多，听谁的呢？

偏偏牛仔和长裙都是我所喜欢的。

长裙是一直在穿，牛仔近几年倒是穿得少了。记忆里上一次穿牛仔裤，是大前年，也是十月，跟同事一起开车到江西的李坑、江岭自驾游，穿了一条深蓝色低腰窄脚牛仔裤，舒适方便。

牛仔裤是最适合旅游者的穿着。

只是我平素不爱运动，户外活动也少，最关键的是胖了，所以，穿着感觉不太对。倒是喜欢上了阔腿裤，相比牛仔裤，它们更为飘逸，也略显知性。

每次陪女儿去买牛仔裤，我只在旁边看看，压根儿没有买的心思。

我想我大概再也不会穿牛仔裤了。

但是，这个十一长假的最后一天，跟着读书会的小伙伴们一起去江夏的开心果园玩。因为有采摘项目，还有CS（反恐精英），所以会长在群里提醒大家穿运动休闲的长袖上衣和长裤。

刚好女儿寄回家的衣服中有一条深蓝色的牛仔裤，她说穿着大了，她不穿了。

衣柜里有一件水洗蓝的牛仔衬衣，买它时内心很执着地想要一件牛仔衬衣。我想，万一我穿着不合适，女儿穿着它应该很好。平时总在工作室里做活儿的她，需要一件这样的衣服。可是女儿不喜欢，我也没有机会穿，于是，它就一直挂在衣柜里。

这次正好派上用场。

运动鞋也有，黑色高帮的，加厚的，十分舒适，也是多年前买的，但不常穿。

甚至还有一顶棒球帽，也是女儿从学校寄回的，索性也戴上，挡一挡太阳。

就这样，我全副武装地出门了。

之前女儿是反对我穿那件牛仔衬衣的，她说全身上下都是牛仔太"装"了。

可是，请理解一颗按捺不住想一装到底的心。衣着是可以改变人的心情的，当我一身牛仔戴着棒球帽背着双肩包出门的时候，我觉得自己年轻了二十岁。

那天，一见面，阳光就说我今天这样的穿着好看，像街拍里的模特。在我眼里，阳光是最会穿衣的女子，能得到她的认可，我当然开心。

读书会的会长李老师看到我，笑着说，从来没有见黄老师这样穿过。

我也笑，那是当然，之前每次去参加读书会我都是正装出席。其实，平时的我是喜欢休闲打扮的，而今天这一身久违的牛仔装算是休闲到了极致。

想起读大学的时候，好友灿曾数次拉我去买牛仔裤。她说，你穿牛仔裤一定好看。

我相信应该好看，却没有去买。当时，在广埠屯一带聚积了无数服装摊贩，来自华师、武大和武测的学生在那里借由服饰，完成了形象上从学生到社会人的转变。牛仔裤15元一条，但我没有买，因为舍不得花钱。总觉得父母挣钱不容易，能省一点儿是一点儿，也算为他们减负。大学毕业时，手上还有500元，我把它们悉数给了父母。我告诉他们，我马上就可以拿工资了，不用再花家里的钱了。

现在想来，其实，至少，我应该为自己买一条牛仔裤。

后来，曾经有一段时间，出于弥补心理，我买过好几条牛仔裤，它们基本满足了我对牛仔裤的热爱与渴望。

有穿着好看的，也有不那么好看的。因为我买衣服不是特别讲究，有的时候会因冲动而购物。到了中年之后，才领悟到真正的购衣之道还是以精简为妙。花同样的钱买回三件爆款，还不如只买一件有品质、有格调的经典款。

阳光有一条阔脚直版牛仔裤，腰上裤脚上都有精致的绣花。她告诉我，这是她当年在杭州旅游时遇到的，也令人惊艳，虽然很贵，但她还是买了下来。现在十几年过去了，她穿在身上仍然好看。当然，她的身材十几年来没怎么变过，也是一种功底。

女演员中穿牛仔裤穿得好看的，是张曼玉。

这个在《花样年华》里把旗袍穿得摇曳生姿、顾盼风流的女人却自称"我的灵魂穿着牛仔裤"。

一个穿着牛仔裤的灵魂，她的世界里没有"四十岁之后不要穿牛仔，五十岁之后不要穿长裙"的说教，也没有在演艺圈功成名就为名所累的束缚，她甚至去玩了一把摇滚。她的世界里只有喜欢，只有自由，只有不老的青春。她才不需要生活导师呢，她把自己活成了真正的女神。

此刻，我的牛仔衬衣和牛仔裤在阳台晾衣架上静静地晾着。昨天流了太多汗，一回家就换下来洗了。

下一次，再穿它们，不知道是什么时候了。

如果我穿上它们，那么，我一定不在家。

# 我们会老，我们会更好

周五的晚上，开车带在家过暑假的女儿到街道口的商场赴闺蜜之约，一起看刚上线的电影《敦刻尔克》。

经过学校的大操场，远远地看到路边走过来一个人。七年前我和她在同一个驾校学车，知道她是这所大学的老师。她似乎老了一些，但与七年前的她并无太大区别。依然是齐耳短发，一身中规中矩的中老年人士打扮；依然是一脸严肃，似乎在思考问题的样子。

我自言自语："她怎么就没变化呢？"

女儿问怎么了。

我告诉她："我刚刚看到一位阿姨，七年前一起学车时，她是这个样子，现在还是这个样子。虽然对她这个年龄的人来讲也许不变是好事，但是，在我看来，人老一点儿就应该变好看一点儿。"

女儿说："哇，老妈你有这样的觉悟，真好。"

我笑，看来这觉悟很对她的胃口。

其实，有这样的觉悟，有偶像的功劳，也有身边朋友的功劳。

偶像是人群中最闪闪发光的存在。比如说，塔莎奶奶，她是我心目中老得最好看的女性典范。

1915 年出生于美国波士顿的塔莎奶奶，前半生奉献给了自己的家庭，后半生决定为自己而活。她在五十六岁时移居佛蒙特州深山，在儿子的帮助下，在那里建造了一座具有 18 世纪风格的农庄，开始她的独居生活。她在花园里画画，养狗养羊，莳花弄草，其中既有劳作的辛苦，也有坐看花开果熟的收获。

随着年岁增长，塔莎奶奶更加懂得用童心享受事物的乐趣。在她看来，生活就像在度假，没有什么苦和累。塔莎奶奶用感恩知足的心来生活，活得优雅、自足。

她在九十二岁时离开人世，给世人留下了一个童话般美好的后半生活得精彩的样本。

塔莎奶奶说，只在年少时拥有年轻是件可怕的事。

是的，纵使岁月无情，我们年岁渐高，但心灵仍然要年轻。

我身边的朋友，则是更近距离地以更接地气的方式向我表明真正爱自己的女人下半生可以过得更精彩。五十岁找到真爱的单身妈妈，六十多岁开始弹钢琴的儿科医生，七十多岁开始学画画的老人家，如果一一罗列，会是一个长长的单子。

一直以来，社会对于女性的年龄是苛刻的——二十五岁没男朋友，就是"剩女"；三十岁未婚，就是"剩斗士"；三十五岁以后生孩子，就是高龄产妇；四十五岁之后，会被自诩比你年轻的女人或者修养差的男人称为"老女人"。而那些结了婚但离了的女人，人们便直接冠之以"败犬"。

　　如果你不幸同时拥有了后两项，似乎就很悲惨了。但是，我有两位闺蜜，都是单身妈妈，也是我身边活得最灿烂、最神采飞扬的女人。

　　我们因孩子是同学而结缘，孩子离开我们去上大学后，空巢的我们结伴而行，自驾游，看风景，吐心声。人已中年，而且单身，未来会有不确定性，我们却并不恐惧，因为此前的岁月已经让我们历练、重生，相信自己有能力，也有底气对抗一切。

　　生活给了我们可以腾挪的空间，何不填上更多的色彩与希望？两位闺蜜，一位仍然渴望遇到爱情；一位致力于修行，给自己增强内力。而我，则拿起画笔。我对她们说，我用此前的时光养了一个美好的孩子，现在，我决定用以后的时光，养一个美好的自己。

　　我们一致的追求是，不管怎样，一定要让自己愈老愈美。

　　我们互相鼓励，运动修身，一起去买旗袍，一起去听音乐会，一起参加读书会。

渴望爱情的闺蜜如愿以偿找到了如意郎君，我们穿着旗袍去参加她的婚宴，看她当众撒狗粮，我们笑着送上满满的祝福。修行的闺蜜开心地奔走在学习与自我提升的道路上，有所收获便在朋友圈分享。我则每每在挥毫作画时觉得最为满足安宁。

我们种豆得豆，种瓜得瓜。

我们会老，但要老得好看。

好看并不仅仅是指外表上的好看，随着年龄增长，皱纹与衰老如期而至，这无法抗拒。纵使你打玻尿酸、做拉皮，也只能管一时。我所喜欢的好看是，当我容颜老去，精神却还年轻，内在更为丰厚，气质更为优雅，生命更富质感。

这便是我对自己人生下半场的最真实的期许。

# 我的名字叫绿茶

因为起了一个"绿茶"的笔名，所以 QQ 号和微信号也一并改为"绿茶"。久而久之，就经常碰到这样的询问："你是卖茶叶的吗？"

"不是。"我说，"我只是喜欢喝茶。"

"你喜欢喝什么茶？绿茶吗？"

"一开始是喜欢喝绿茶，后来发现自己胃寒，不适宜喝绿茶，就改喝红茶，现在普洱喝得更多一些。"

看上去我很懂茶似的，其实，我也就只是随缘喝点儿茶罢了。

有真正懂茶的朋友，他们说起茶来头头是道，从口感、香味，上溯到茶叶的产地、制作工艺、泡茶的手法。而我，到现在为止只知道一个词，回甘，只因我真正品味过。

之所以取名"绿茶"，只因第一款让我体验到回甘之美的茶，是碧螺春，我认为那是绿茶中的极品，是我若干年前喝到的。茶叶搓成小团，恰如小螺，上有白毫。泡开后，嫩叶舒展，茶汤清澈，初入口微苦，之后清甜，至此难忘。

当时在杂志社做编辑，索性用"绿茶"做了自己的编辑名。在这之前，偶尔于编稿之余写文章，用的笔名很随机，因为只是想挣点儿稿费，所以署名并不在意。后来想，还是固定用一个笔名，就用"绿茶"吧。

就这样，"绿茶"成了我本名之外用得最久也最被认可的一个名字。

但是，我不卖茶叶，对茶也是一知半解。

身边有朋友对茶道有研究，我也通过她们丰富了一些有关茶的知识。

一位朋友名惠雯，是一个热情能干、醉心于茶的女子。某年夏天，我在她的工作室里做客，一下午喝了五六种茶，真的感受到了醉茶之味。

她在多所大学开茶艺讲座，传播茶知识和茶文化，也常常在朋友圈发她寻到的好茶。我每每看到，只能感叹，专业的人才能做专业的事。

一位朋友名易安，是真正的普洱人，我当年的作者，一个爱狗狗、用稿费养大儿子的能干的妈妈。十年前她送我一提古树普洱，十二饼，我断断续续地喝，喝到这个春天还剩最后一点儿，舍不得喝了。

那是真正的好茶，我女儿也爱喝，可惜的是易安告诉我这种茶已难再寻觅。年后，女儿带另外一种普洱去学校，后来她告诉我，味道差了好远，问我能不能再找到当年那样的普洱。我就找易安，她给我推荐了另一种古树，赠品小样好多，我给女儿寄了两饼加一些小样过去。女儿收到后第一时间泡茶，告诉我，终于感受到了茶香。

在对比了一款赠品茶之后，她告诉我，两种茶的回甘不一样，同样是甜，一个是少年味，一个是阿姨味。

我被她逗笑了。

那一款十年的古树普洱，成为我们母女喝茶史上的标本级存在，而和一个素未谋面的人能保持十年的联系，也是一种缘分。

还有一位茶人，名明洁，是一位美女，乍看并不惊艳，但给人感觉特别舒服，从来都是轻声细语，步态从容，优雅明亮。

因缘分到她在百瑞景的茶室喝茶，她给我们泡茶，讲茶，讲明前茶、雨前茶以及夏茶、秋茶之区别，讲茶的清润之味，讲茶的冲泡手法。

好友惠雯曾经讲过，有一位茶友，每年冬天都收集积雪，以瓮藏之，然后用它煮水泡茶。她说，这也是喝茶讲究到极致的人了。

我当时就笑，所谓文化，不就是凡事都再讲究那么一点点嘛。

喝茶这件事，确实是比较讲究的，茶叶之讲究，冲泡手法之讲究，器具、茶席之讲究，还有一期一会之说，万千茶滋味，终成茶文化。

像我这样随缘喝茶的人，最讲究之时，也就是在茶盘上放一小瓶花。这个春天，放过一枝梅花，现在放的是一枝茶花，下次，且看自己遇到怎样的花吧。

不过，用了"绿茶"这个名字，还是希望自己能够讲究一点儿。无论如何，茶真的是很符合我心境的事物，其味如此，再从字面上看，茶者，人在草木间。我是希望自己的身边能够有秀木嘉禾的，自己能和它们和谐共处，同享风光霁月。如此，方为美事。

朋友五月跟我建议：茶姐姐，你改个笔名吧，"绿茶"这个名字不是不好，是用这个名字的人太多了。另外，现在"绿茶"还有一层被曲解的意思……

我也曾想过这个问题。确实叫"绿茶"的人挺多，我们调解节目的制片主任网名"绿茶"。每每见她，便觉得会心，毕竟，我们都爱同一个名字。北京的一位出版人，也叫"绿茶"，在微博上有关注，知他的孩子名叫"小茶包"。真正的爱茶之人，多少可以算同类了。那么，他们叫自己为"绿茶"，我叫我为"绿茶"，实在并无不妥。

至于那个被曲解的意思，只能拜托那些喜欢造词的人，不要把原本美好的事物污名化。

所以，我的名字叫"绿茶"。就算我现在喝的多是红茶和黑茶，但最初感动我的，还是那一杯上好的碧螺春。名字，我就不再改了。

# 玛格丽特粉色

**那**天，我在候播室里看书，等待开场通知。

进来一大群人，是我们那档节目的社区帮帮团，有男有女，阿姨们都穿得花花绿绿的，像打翻了调色盘。

听到有人提议："这里有冷气，我们就在这里练习一下，跳那个《一剪梅》。"

然后就见五六个人拿出自己的红色大绸扇，随着音乐，在进门的那一小块空地上跳起舞来。

领舞的阿姨真好看，她穿着粉红色的棉质连衣裙，系着一根金色的细腰带。她五官清秀，身材修长，腰肢柔软，动作协调，有职业舞者的范儿。

我先只是偶尔抬眼看看，后来就目不转睛地看了，主要是看她。

她身后的几位阿姨跳得也很认真，但是没她跳得好看。

我问旁边一位七十岁左右的阿姨："你们是同一个社

区的吗?"

她说:"我们是合唱团的。"

"她跳得真好看。"

"是的,这个舞就是她教大家的。"

难怪跳得这么好。一曲舞罢,坐在椅子上看的人都鼓掌,我也笑着鼓掌。

这时,编导来喊她们进场了,她们收起绸扇,收拾好包,往门口走。领舞阿姨一边走,一边整理自己连衣裙的腰带裙摆,真是一位爱美的阿姨。

她应该五六十岁,但看上去像四十多岁。她穿的粉红色连衣裙飘逸大方、清新柔和,这是一般中老年人不敢穿的颜色,可她穿了,而且穿得很好看。

因为她,我更加坚信,只要认真地生活,有一颗爱美之心,老也可以老得很好看。

一个月后的一天,又一次录节目,也是在候播室遇到了她们。她们利用这片刻的时间跳《十送红军》。

领舞的仍然是她。这一次,她穿的是普通的圆领套头衫和黑色的七分裤,顿时显出了年龄,和她身边的阿姨们并无多大差别。不过,当她跳起舞来,那精气神,那自信,那范儿,依旧。

我真的好怀念之前她所穿的那条粉色连衣裙,那颜色就像我曾见过的一种粉色玛格丽特菊的颜色,给人以美的愉悦,令人惊艳。

像她这样的阿姨，就应该穿那样仙气的衣服啊，那一身粉红，多么为她减龄加分啊。

突然想起来，两年前我也为自己购买了一条这种粉色的连衣裙，当时喜欢，可是今年的夏天快要过完了，我却还没有穿过一次。

明天我就穿它吧。

# 穿衣的功底

## 善 待

在友人家茶聚，她平时穿衣是森女系风格，衣服以棉麻为主。

她给我们秀她最近买的几件新衣，其中一件墨绿色的亚麻面料的袍式连衣裙，我刚好在一家店看到类似的款式，好像还挺贵的。我问她："这件衣服很贵吧?"

"你猜多少钱?"她笑着说。

"一千多?"

她笑着摇摇头，转身拿出一条白色棉质阔腿裤来，说："这是和它搭配的，这一身才五百。我的衣服单件没有超过三百的。"

她拿出两件衬衣来，一件是白色的长袖，一件是豆沙绿中袖。样式都很别致，她要我们猜多少钱一件。

"两三百?"

"这两件加一起这个价。"

我拿着那件白色的细看，重绉纱，雪白，柔软，天然。

"我的衣服买的时候都很便宜，但我都很用心地打点，一般是在外面干洗，熨得平整妥帖。我洗熨衣服的钱超过买衣服的钱。"

她的衣服都保存得很好，穿出来很有品位。这是一个人穿衣的功底。

## 动　感

"我喜欢我的衣服能够穿出动感来。"一位朋友说。

她小小的个子，清秀，有性感的锁骨，肌肤胜雪。她喜欢穿那种轻薄且宽大的衣裙，走路的时候飘逸如仙。一般人穿不出那种味道来。

另一位朋友，个子高大，但一样能把衣服穿出动感来。

她早年受过舞蹈方面的培训，能歌善舞，身姿挺拔，动静咸宜。她穿那种袍式的衣服，大步走路、神采飞扬的样子，非常好看。

所以，穿衣服，身姿很重要，但最重要的，是你得驾驭得了你的衣服。

## 干　净

　　跟一个朋友一起吃饭，她不慎将一滴油滴到了自己的衣服上，如果是我，拿纸巾吸一下就可以了，回家再洗。

　　她说了声"对不起"，起身，去了洗手间。

　　过了一会儿她出来时，虽然裙子上有一块湿印子，但油渍已经洗掉了。

　　她说，刚滴上东西时很好洗，等干了，渗到纤维里面，就不好洗了。

　　她说，一切要及时，洗衣服也要及时。

　　细想一下，很有道理，因为像我这样说回家再洗的人，往往没回家就忘了衣服上溅了油点的事。等我发现时，它已成顽固污渍了。

　　这其实也是生活的小哲理，清洁、修正都要及时。

## 搭　配

　　多年前，出于改变一下自己的穿衣风格的心理，我买了一条黑色紧身短针织连衣裙。穿上它，我身材的优点与缺点一览无余。综合考量了一下，这件连衣裙就一直放在衣柜里。

　　是想突破一下自己才买的，只是突破不成功。

　　后来，流行纱质外套，手痒，也买了一件黑底上起卡其色大花朵的，乍一看有温婉女人味，实穿发现，有点儿老气。

当初给它搭配的是卡其色丝质吊带裙，与外套的卡其色花朵呼应，颜色倒是协调，只是穿上后整个人显得胖了一圈。

我就默默地将它挂在了衣柜里。

然后，突然想，如果用那件黑色的紧身裙来打底，说不定很好。

试了一下，结果，还真的不错。外套将黑色紧身衣突显出的优点与缺点模糊了，我可以大大方方地穿出来了。

只不过，真的就是标准的中年女性的打扮了。

## 质　地

好友是职场精英兼投资达人，对于服饰，一直很讲品质。她是真丝控，每到夏天，她都要置几件真丝衣裙，或买成品，或到胭脂路去定制。

前不久，她突然给我推荐了一个专做棉麻服装的品牌设计师，说："现在在她们家买的衣服挺多。"

"你钟爱的真丝呢？"我问她。

"还穿，不过穿得少了。真丝吧，又贵，又不好打理，偶尔穿穿可以。"

穿上了棉麻的她，整个人的身心状态比以前放松了很多，她开始放慢脚步，关注内心，享受生活。

我们的衣服，就是我们的小宇宙。

我们的衣品，折射出我们的生活。

叁

江河之上，时间之下

# 喜　欢

女儿想买一款羽绒大衣，让我帮她在武汉的店里看看。

于是，周日的下午，我去了汉正街。女儿指定的羽绒服大衣脱销了，而本来并不想买衣服的我，经不住诱惑，买了一件高领衫，一条阔腿裤，一件羽绒背心。

"你害我又花钱。"我笑着说。但其实，心里是喜欢的。

"喜欢就买吧。"她说。她还讲到她的老师因为给某品牌服装设计配饰，得以内部价买了那家的帽子，而且是两顶。

"很潮的帽子，我觉得老师不一定会戴。"女儿笑着说，"但他就是喜欢，就是想买。"

"你们老师肯定是月光族。"我笑着说。

对于我这种上街很少的人来说，真的很珍惜自己内心的那一股购物冲动，没有喜欢哪会有冲动啊。所以，哪怕之后检讨了自己，但是过后，某一天，还是会觉得当时所购值得。

就像现在，我的手上戴着一枚银杏叶戒指，它是2015年的春天我去北京看女儿时，在南锣鼓巷的某个风格小店买的。我承认当时就是冲动，就是想买，于是，就买下了。

其实这戒指买回来后一直放着，一直没有戴，但是无妨，两年后的今天，我戴上了。

缘于前几天突然想起它来，找出来戴上后，越看越喜欢，现在简直摘不下来了。

这才是一件饰品真正属于我的时刻。

女儿学习首饰设计，渐渐了解了行业规则，对于一枚戒指的成本大概是多少，她比我清楚得多。

"这枚戒指买贵了。"她说。

"但是，不贵不足以体现它的价值啊。"我说。

任何物品，有它的成本价，但还有附加价值。对于我而言，这枚戒指让我想起2015年的春天，罗马湖畔的垂柳和迎春花，后海的风，南锣鼓巷熙熙攘攘的人流，北京街头一树树开得灿烂的碧桃，恭王府里的海棠花，798的紫红色玉兰花，跟着好友五月走了两站路找饭吃的酒店，以及工业风高冷格调的那家首饰店，眉目清秀、态度谦和的一对青年男女。女孩儿讲这枚戒指的工艺，讲她和姐姐的创业故事……

所以，真的很值。

突然想起我有一枚银戒，在新世界百货买的，和银杏戒价位相当，但是，并没有故事。也就是某天兴起时去逛，遇到，觉得不错就买下了，也是不戴它很久了，会不会弄丢了？

于是，拉开抽屉，在首饰盒里找到了它，连同其他几枚银戒指。

十几年前，我真的很喜欢戒指，尤其是银戒指。

因为长期不戴，它们都氧化发黑了。我拿到洗手台前，挤出一点儿牙膏涂在它们上面，先是用手摩擦戒面，看到黑色的氧化层掉下来，再用牙刷借着细细的水流刷，最后它们都恢复了银质的白。当然，纹理中的那些凹处仍然是黑的，就让它们黑着吧。

一边洗，一边想它们的来由。

一枚羽毛状的，是十几年前在武锅附近的一家小店买的。武锅早已搬迁，那里正在打造摩尔城，未来又是一大型商业体。

一枚上面镶嵌着花瓣状深海贝壳的银戒指，是十多年前在马房山的一家叫好望角的小店买的。当时老板说我有眼光，这戒指是他当初去进货时所买，他很喜欢，原本是想送给老板娘的，无奈她微胖，戴不了，就摆在柜台里出售，被我给捡漏了。

这就是缘分。

一枚款式最简单的银戒指，是我妈给我的。二十年前，她用一块银元打了三个银戒指，给我们三个孩子一人一个。不知道两个弟弟的还在否，我的，是一直保存着的，因为这是有家族情感记忆的一枚戒指。

看着它们，突然觉得好满足。

虽然它们并不是珠宝钻戒，只是朴素至极的银饰，但是，我喜欢，或者说，我曾经喜欢过。后来，渐渐地忘了它们，现在，重新找出来，旧时光也随之浮于眼前。

决定以后还是经常拿出来，戴着，让它们发挥自己的价值，让我重新回到某一种习惯里。

人的习惯是养成的。就像这几天我戴那枚银杏戒指，在习惯之后，昨天去游泳的时候没有戴，就感觉指头上有点儿空，少一点儿什么的感觉。

正好前天女儿在微信上问我戴戒指的感觉，为了她正在做的一个课题，我首先告诉她的就是这一点——如果你习惯戒指的存在，当它不在你的手上时，就会有空的感觉。

当然，当它在时的感觉是，有一点儿重，有一点儿微微的触感，感觉和它之间有一种联系，甚至是互动——我把我的喜欢投射到它的身上，而它把这种喜欢再输送给我。

喜欢最重要。

比如这枚银杏戒指，银杏叶组合而成的戒面让它有不规整的边缘，但是又有丰富的图案变化，上面有凸凹起伏，颜色上也有明暗变化。总之，它的形、色、质都符合我的审美，自由，不拘束，有变化，所以我喜欢。

世上难得的是喜欢。

写到这里，突然想起一个只有一面之缘的女子，一身简素的她，手上却戴着好几个银戒指，个个都别致好看。我很喜欢，于是问她这些戒指的来历，然后就听了她与它们的故事。

几年后得到她出家的消息，忆起那一次的相遇，真可谓惊鸿一瞥，难忘的是她的气质，她的能干，以及她做事务求完美与极致的风格。

当她取下这些戒指，做一个素衣素容素心的女子，放下的，是很多很多如我这般还在红尘打滚的人所放不下的身外之物，比如，一件衣服，一枚戒指。

也许，她是通过放下对身外之物的喜欢，回到了内心的自在圆满与欢喜里。

这，也是另一种喜欢吧。

# 蓝宝石戒指

今天去电视台录节目，一早出门前，准备戴上那枚蓝宝石戒指。拉开抽屉，发现放戒指的小盒子里没有，找了找抽屉的其他角落，也没有。

会不会是涂护手霜时取下放在桌子上了？

去梳妆台、餐桌上找，也没有。

心跳加速，身上燥热微汗，想继续找，但是没有时间了，只好先出门。

一路上都在想，我最后一次看到它是什么时候？

这是我最珍贵的一枚戒指，二十年前用当年的年终奖买的，是我为数不多的奢侈品之一。这是一枚斯里兰卡蓝宝石，当时一千多，现在无法估价，因为二十年的陪伴比钱更宝贵。

这一天里，这枚戒指时不时地跳出来敲打我的神经，我的心也揪紧了，它在哪里？

去游泳的时候，如果身上戴了首饰，我会小心地取下来放在柜子里，我觉得自己是足够细心的。但是万一粗心了呢？

后来用柜子的人捡到它会交到前台吗？会不会把它当一枚玩具戒指给扔了？

在厨房洗碗时会把戒指取下来放在台面上，会不会转身忘了，或者是抹台面时不小心抹到垃圾桶里去了？

应该不会。但是万一呢？

如果，它混在一堆厨余物中，那基本上就难见天日了。

又想起上周六到电视台录节目，我习惯在化妆的时候擦一下护手霜，那时会取下戒指。化妆室里人来人往，且话题不断，有没有可能，我转移了注意力之后就忘了这枚戒指？

在此之前，我有两次差点儿弄丢这枚戒指都与擦护手霜有关。

在自己家里，有的时候随手放下，然后找不到，抓狂，最后又找到。

如此多次，戒指会不会真的生气出走，再也不回来了？

到了台里，一见到来给我送通行证的化妆师妹妹，我就告诉她大前天我有可能在化妆室丢了一枚戒指。

她说："我收东西时没有看到，如果看到了会帮着收起来的，等一会儿您到化妆室再找找。"

当然是没有找到。

现在只希望，它其实哪里都没有去，只是在我家的某一个地方而已。

为此，我在心中祈祷了好几次。

是的，唯有祈祷。抱着百分之一的希望。毕竟，有几天没见过它了。但愿它没有丢，只是我忘了放在哪儿。

晚上8点半，回到家放下包第一件事就是开始寻找。

有两张桌子的桌布都是蓝色印花布，蓝宝石戒指放在上面有可能看不出来，我就用手摸了一遍。

没有。

到厨房的搁物板上取下那些瓶瓶罐罐，再看，也没有。

到卫生间的置物架上看，也没有。

沮丧，乃至绝望。

然后我把目光投向镜子边挂的一排项链上。我粘了一排四个小粘钩在这里，把几条项链挂在上面，有两枚戒指因为与项链的风格很搭而串在项链上一并挂在这里，但是这枚蓝宝石戒指是不会放在这里的，因为它和哪条项链都可以搭。

我抱着一丝希望在这里找，也许我把它放在这里了。

没有，项链上没有。

我把目光往上移了一点点儿，看到挂钩上。

它在那里！

我竟然把戒指挂在挂钩上。

肯定是当时洗完手要涂护手霜时，把它取下来，随手挂在了挂钩上，然后，我就忘了它。

我从来没有这样放过戒指，除了这一次。

这样一个下意识的动作，带给我的是一整天的忐忑。在我的心里，我甚至当它已经失去，然后安慰了自己，用各种理由。

谁让我粗心待它的，也许它是到更珍爱它的人手中去了。

难不成我要为它的失去而每天愁眉苦脸吗？这样我的损失岂不更大？

可以了，这枚戒指陪我多年，已经很值了。

世间万物终有一别，不要有执念。

它就是来考验我对于失去的承受能力的。

缘分已尽，它就不再属于我了。

……

现在，此刻，它失而复得。

我把它戴在手上，看着它，微微动一下手，光线在它的切面上闪烁，宛如波光荡漾。

心里说不出来的欣慰与满足。那些预支的痛苦、自我安慰的说辞，放大了这份欣慰与满足。

不得不说，人心是多么复杂微妙啊，仅仅为一枚小小的戒指，便有这么多的内心戏。

好在，它用它的不离不弃，终结了我的忐忑。

我用我这一天的忐忑，告诫自己，莫失莫忘。

# 这一分钟，我觉得好暖

长假过后上班的第一天，拥堵到瘫的地铁站，提着大箱子还背着包的五月被裹挟在人流中，进退失据，举步维艰，几近崩溃。

这时，一双手伸过来，一个高高帅帅的 90 后小伙子对她说："给我，我来帮你拎。"

一时间，纵使身边仍挤成铜墙铁壁，但五月觉得万人退尽，自己是中心。

尤它，因为有一个人，素昧平生，却愿意帮她一把。

看她在朋友圈里写这样的一幕，我想起若干年前，我也曾有过的相同经历。

当时还在华师读书，那时学生宿舍区都是集中定时供开水，每天早晚各一次。要喝开水，就得提着热水瓶到西区水房去打水，所以，打水在当时的学生生涯里算是值得一书的记忆。每个人进校的第一天，至少要给自己买一个热水瓶，它将陪着自己度过整个大学时代。

有一次，冬日黄昏，正是打水的高峰时间，水房里挤满了人，我两手各拎着一个热水瓶站在那里，看着眼前人头攒动的情景。隔着人头，看到雾气腾腾的水龙头下一个热水瓶里的水满了，马上就有空的热水瓶挤过去，而我，不知何年何月才能凑到水龙头边上。

　　正在一筹莫展时，我前面的一个男生突然回过头来，把手伸给我："来，我帮你。"

　　我愣了一下才懂他的意思，于是，把手中的热水瓶递过去。

　　灌了一个，再灌一个。

　　然后，我们一起拎着热水瓶离开仍然是人满为患的水房，往学生宿舍区走。

　　我的心里自然是美滋滋的。

　　如果时间能倒流，回到那个时刻，我一定会放慢脚步，会和他聊天，问他的名字、系别、年级，会告诉他我的名字、系别、年级。

　　当然，这是修炼半生才克服对交际恐惧的我才有的想法。当时，我只是一个傻乎乎的小姑娘，只是拎着一个热水瓶跟在他旁边走。

　　那样子现在看来，我们真的很像一对校园情侣，但其实只是萍水相逢。

　　经过球场时，有人喊他，于是，他把帮我拎的那个热水瓶递给我，笑着对我说："同学喊我去打球了，再见。"

再见，可惜再也没见。

那是一个个子高高的眉清目秀的男生，我相信现在的他也一定是一位绅士。

我曾经跟女儿感叹，自己的大学时代都没有好好地谈一场恋爱。如果要谈，我希望是和这样的一个男生谈，一个帮我打水且帮我拎了一程的男生。

某天翻杂志，看到一则访谈，写的是导演王家卫在片场和演员聊天，他问大家："你们怎么表达'我爱你'？"

答案五花八门，英语、日语、德语，还有中文方言版的，各种，我爱你。

这时，从远方驶过来一辆载客摩托车，一个男青年载着一个姑娘，开过来，又开走了。

王家卫目送那辆摩托车离开，笑着说："'我爱你'应该表达成'我已经很久没有坐过摩托车了，也很久未试过这么接近一个人了，虽然我知道这条路不是很远，我知道不久我就会下车。可是，这一分钟，我觉得好暖'。"

这就是王家卫的语言风格。

不过真的能戳中人心。

我觉得，当年，那一程路，从水房，到操场，不过一百多米的路，但我觉得好暖。

而五月在把箱子交给那个小伙子，让他帮自己挤上地铁的那几十米路程中，她的心里一定也很暖，很暖。

# 美好早点铺

因为要给车加油，所以我提前 10 分钟出了门，一路都很顺，加油不用排队，路上的车不算多，路口遇到的多是绿灯，7 点 40 就到了纸坊。

在那家去过好几次的早点铺过早。

一碗稀饭，一个糯米鸡，一个包子。

挺喜欢这家早点铺的。

房子大、高，店面就显得特别空阔。

老婆婆坐在门口，守着油锅炸糯米鸡、面窝。另一边的一口锅里放着蒸笼，里面有包子；还有一口大铝锅，里面是煮得稠稠的稀饭。

往里面走，一对年轻夫妻在这里煮面。有热干面，也有其他各种汤面、汤粉。

台面上调味碗放得整整齐齐，台面抹得锃亮。

我在吃早点时，同一张桌边吃的人走了，一个老爹爹过来收拾留下的碗筷。

估计年轻夫妻和老人们是一家人，一家人开了一家小店。

这家店价格公道，包子 1.5 元，热干面 4 元，三鲜面 11 元，牛肉面和肥肠面 12 元。菜单就贴在一进门的柱子上，附有收款用的二维码。

关键是配菜丰富且味道不错，土豆丝、酸豆角、腌萝卜（有两种）、雪里蕻，一碗辣椒油，一盆香菜，摆在桌子上，食客自取。

第一次来这家店过早时，我要的是素粉，小伙子最后舀了一勺有榨菜肉丝和海带的汤。我以为他当三鲜面给我的，结果他说，不是，这就是素粉。第二次来，我点了一份三鲜面，肉丝和猪肝给得很足，这是一碗诚意满满的三鲜面。

当时就想，只要来学校上课，就都到他家来过早。

稀饭与包子、面窝是最佳搭档。

也吃过他家的肥肠面，肥肠卤得入味且烂，是我喜欢的。

来得次数多了，发现像我这样常来的熟客也多。

有头发花白、穿戴利索的老奶奶，喜欢坐在固定的位置上吃汤粉。

有带着孩子的年轻妈妈，一边给孩子喂稀饭，一边和咿呀学语的孩子对话。

有带着孩子在这里过早，之后要送孩子去上学的妈妈，孩子遇到了班上的同学，一边吃，一边就聊着学校里的各种事，然后开始争论。妈妈就在一边催，吃快点儿啊，不要磨蹭。

大人们急着完成，孩子们享受过程。

有抱着手机的年轻人，一边吃面，一边看手机，眼睛没有离开手机一秒。

他们被屏幕里的那个世界吸引，至于身边的真实世界，以及眼前的食物、身边的人，其实并无兴趣。

这样的一家店，生意谈不上多好，忙完了手上的事，老板就站在那里看着食客吃东西。有时还和他们聊上几句，逗逗孩子。这是我喜欢的那种靠着劳作、靠着手艺过生活的人的样子，实实在在，从容不迫。

每次过完早，离开时，胃是暖的，心是暖的，暖到想跟老板说一声"谢谢"。

# 父亲在家门口的空地上撒网

旅行箱的万向轮掉了一个，找到厂家，厂家寄来了轮子，但是怎么安上去？

去找小区门口的修鞋店，没想到那店早关了，变成一间小小的杂货铺。

去菜市场的路上有一个修伞修鞋的路边摊，拎着箱子找过去。师傅看了看，说："这不好修，中间有个地方要焊，我这儿只有胶水，没有焊枪。"

"哪里有焊枪？"

找到一家汽车修理店，人家说："这属于业务范围外的。再说，万一给你弄坏了呢。"

"弄坏了我不怪你。"

"那我也不敢修，你看，我这满手油，把你的箱子弄脏了你也划不来。你还是找别人吧。"

我看着师傅摊开的手上的油污，不好再说什么。

跑了一圈，竟然没有人可以帮我把一个箱子修好。

经过一个建筑工地，听到叮叮当当的声音，探头一看，有个老者在打铁，这铁匠铺应该有焊枪吧，我抱着一丝希望，去问他。

"没有焊枪。"他说，"你这个是不是真的要用焊枪？"他瞟了一眼那个箱子。

"您能不能帮我看一下，如果能修的话尽量帮我修一下。"

"你等一下，我把手上的活儿做完。"

在砧铁上有一根烧得红红的钢钎，他一下一下敲打着，钢钎渐渐变形，最后，他拿起来，放到一个盛满水的桶里淬。

然后他接过我手中的箱子，看了看，说："不用焊，我帮你打个钉子，铆紧，再安轮子，应该就可以了。"

"那就交给您了。"我说，"多少钱？"

"十块。"

"行。"我把箱子交给他。

一天后，我拿到箱子，和以前一样好用。

"您真的是帮我解决了大问题。"我说，"之前我跑了好几个地方，都不接这活儿，现在像您这样的手艺人太少了。"

他呵呵地笑，说："现在的人都变懒了。"

看老人家性情爽朗健谈，和他聊了会儿家常，才知他一生靠打铁为生。两个儿子一个在广东，一个在浙江，均已成家立业。他们都要老人家跟他们去生活，颐养天年，但他就是舍不得放下手中的活儿。

"打了一辈子铁，一天不干活儿就觉得一天不得劲。"老人家说。

他现在已经 69 岁了，但是看不出来。

他说："我这身板越干活儿越健康，要是放下这些家伙，只怕是不行啊。"

他的主顾来自附近的工地。工地施工用的钢钎、撬杠、錾子经常坏，因为不是标准件，难以批量采购，所以包工头们便找他，请他代为修整，代为加工。

"打制一根钢制工具，赚个几块十几块的。"他说，"这活儿全是手工活儿，以前老伴还可以帮着打打下手，前年老伴去世，也招不到徒弟，只好一个人做了。"

"我可能是这一带最后一个铁匠了，现在没人愿意学这门手艺了。我的两个儿子，原指望有一个跟我学的，结果，都不。一个做工程，一个做服装。怪不了别人，是个辛苦活儿。他们不做我做，做到做不动的那一天。"

他喝了一大口茶，抹一下嘴，继续说："这世界上，什么事都要有人做的，我天生就是做这活计的人，我靠自己的一双手不也养活了一家子人？"

"是的是的。"我说，"而且您这方便了多少人啊，不说那些工地上的工人，只说我，转了一圈，也就在您这里才把箱子修好。太感谢了。"

跟他告辞，我拖着箱子离开，回头看老人家，他坐在一把躺椅上，展开了一张报纸，静静地看了起来。

旅行箱轮子在水泥地上滚动，发出轻快的声音。我的内心，也轻松喜悦。

然后，我想起了我的父亲，他们是同龄人，而且，也都是手艺人。

父亲是农民，同时也是渔民，用我们当地的说法，下河打鱼就是"讨业食"，由此三个字可见其辛苦。我记得小时候，他和爷爷常常半夜就起来，划船去撒网捕鱼。打回来的鱼全都拿到镇上卖了，换回生活所需。歇渔后，还要补网、修船，从来没有闲过。因为，这一切都是他的营生。作为他的女儿，我也曾帮着捏牛屎钩、整理卡子，也爱听他讲捕鱼过程中的那些故事。

家门口那条河的上游、下游各有哪些地方洄流多、鱼多，什么情况下可能有大鱼，怎样团队作业，父亲都了如指掌。而华严湖、汈汊湖这些他曾去过的湖泊，于我则是无比神秘的所在。直到近年，我每每驱车返乡，看地图，才知道，路边的大片良田当年曾是鱼跃鸟翔的湖泊，是我父亲讨业食的地方。

对于乡土地理，我只会看地图，而父亲用他的脚、他的船桨一一丈量。

前年除夕那天，母亲在厨房做年饭，我和大弟在门口刷墙、贴对联，父亲在家里进行大扫除。弟弟说他上班的地方有个鱼塘，他在那里钓鱼、捕鱼。他遗憾地说："可惜当时没有网，要是有一张网，一网下去可以捉多少鱼啊。"

父亲听到了，从楼上找出了一张渔网来，对大弟说："来，你撒这个网试一试。"

"我是还不会撒网哟。"大弟一脸尴尬地说，"小时候只看你和爷爷撒过网。"

"来，我来教教你怎么撒网。"父亲说。

然后，就在门口贴了红红的春联、地面扫得干干净净的家门口的空地上，父亲手把手地教大弟如何撒网。

"这里，手捏这里，右手从这里开始，把网一点一点地理起来。"父亲左手提网，右手示范理网，"这关系到网到时候撒不撒得开。"

"撒的时候身体先侧过来，用腰腿发力，人要稳……"父亲说，"有的人站不稳，会随着网掉到河里去的。"

"好，现在把网撒出去，要往这个方向抛。"

父亲娴熟轻巧地撒出去的网，像一朵花，可以罩住四五个平方米的水面。

大弟也撒了一把，可他撒出去的网，还是花骨朵儿，根本没有撒开。

大弟少小离家学艺，后到城里做厨师。他会钓鱼，但是不会撒网。40多岁的他，在60多岁的父亲的指导下，开始撒网。

我在一边看，一边呵呵笑。

大弟很认真地跟着父亲学着，他学着父亲的样子，理好网，转身，使力，将网均匀地呈罩子形状地撒出去，渐渐地有了点儿模样。

"唉，这以后都不知道还有没有机会撒个网，打个鱼。"他说。

父亲说："那是。你们生不逢时，我小的时候，我们这河里几多（方言，很多）鱼哟。我们这个村，那时候叫新渔大队。"

提起往昔的碧水蓝天，父亲一脸向往。而现实是，因为水污染严重，河里的鱼不多了。偶尔，父亲会去河边撒上两网，捕一点儿鱼虾。这于步入老年的他，是在重温当年的功课。

"我可能是这一带最后一个铁匠了。"我想起那个打铁老人说这一句时的惆怅。

父亲，可能是我们村里最后一个渔民了。

正因为如此，他才会在过年的这一天，在家门口的空地上，跟偶然提起打鱼这件事的儿子，兴致勃勃地示范如何撒网。

父子一场，如果可以教给他自己的手艺、谋生之道，当然好。如果不行，至少，可以传递一些记忆，一些传统，一些行走人世的智慧。

在除夕的鞭炮声已经开始零星响起的时候，在我老家的家门口，父亲在教他的儿子撒网，河水在离他们一百米开外的地方静静流淌。

在父亲撒出的那如花般盛开的网上，有一个父亲当年的荣光，还有一种叫"传承"的习俗。

# 这世间所有的路都不会白走

人生真的需要时不时地被人刺激一下。

上周五，收到一个邀请，有位朋友居然希望我到她接盘的一个社区老年人活动中心教老年人画画。

这，出乎我的意料，就我那三脚猫的功夫怎么当老师？

"要不，让我再学学，有点儿信心了再说。"我很犹豫。

她是言出必行的实干派，四月份就开始安排，一周一次，每次一个半小时。我喜欢画画，时间也自由，但我考虑的主要还是——自己能否胜任。

她说："没事的，你就当带着他们玩就是了，而且教学相长，你在这个过程中也可以提升啊。"

这个有说服力，我不再犹豫，答应了。

我也是认真之人，回到家，把桌布撒下，铺上毛毡，开始温习自己放下半年之久的画画。

去年 8 月，女儿说我的主要精力应该放在写作上，于是，我就放下了画笔。习画一两年，确实遇到天花板，而且写公众号是我当时的重点。

掐指一算，从搁笔到现在足足八月有余。中间一度手痒，终是没有再提笔。

很多事真的是一放下就真的放下了。

如果不是朋友的邀请，我大概会一直任纸笔落灰——颜料盘上的灰是清晰可见的，到水龙头底下冲洗时，颜料干涸，好一会儿才泅出一点儿颜色。

惭愧惭愧。

画什么，怎么画？我一边调墨，一边想。

最后画了一幅鱼游图。

胖胖的、不够灵动的鱼，但也在努力地游。所以，我题了几行字在上面：力争上游。

虽然画得笨拙，但还是欢喜。

又画了一幅新柳，头脑里有模糊的柳叶的样子，但竟然混淆了它和竹叶的区别。

第一次画燕子，居然还有几分像，颇自得。

题字：杨柳春风又一年，似曾相识燕归来。

也正是我当时的心情。

把这两幅画固定在软木板上，拍照，发给朋友，告诉她我内心的忐忑。朋友鼓励我，说挺好的。

我说："既然被赶鸭子上架，那我就做一只努力的鸭子吧。"

在画这两幅画之前，我用彩铅画了一幅茶盘上的静物——第一次用彩铅作画，只是为了找找感觉，对线条与构图的感觉。还真的不是一般的拙，索性在朋友圈里发了照片，自嘲"九月不拿笔，回到幼儿园"。

三天不练手生，三日不言口生，诚然。好在，至少，我又开始画画了。

想想人生也是奇妙，我曾一度痴迷于画画，在朋友圈、公众号都发过当时的习作。有微信好友受我感染进了画室开始习画，也有朋友来索画，我也厚着脸皮送了几张出去。但其实知道自己离真正的画家不知道隔了多少座山、多少条河，这也是我最后停笔的原因。但是，走过必有痕迹，就有人记住了，在她需要的时候就找我来了。这样的邀请让我忐忑、紧张甚至焦虑，但也开心，于是，又拿起画笔。

想起刚看过的电影《冈仁波齐》，我虽不曾朝圣于冈仁波齐，但也在自己的生活中小小地体悟了那句经典的台词——这世间所有的路都不会白走，每一步都算数。

# 舌头打卷儿

年后要去大学代一门课，最忐忑的，不是讲课内容，而是自己的普通话。

身边一众好友，数娟的普通话说得最好，赶紧向她请教怎么练好普通话。

她笑着说："你最大的问题就是翘舌音和平舌音不分。"

我知道，我的家乡话就是如此，基本上翘舌音很少。当我意识到这个问题时，便加以改正，却又矫枉过正，很多不该念翘舌音的，被我念成了翘舌音。

"其实，你把几个你常常读错的重点的字改正就好了。"她一一给我指出，"词，自，死，苍，孙，申，森，僧，十，四……"

可真不是几个，而是几十个几百个的问题啊。

我跟着她，努力发出正确的读音，旁边的伙伴们就笑。此时在他们的眼里，我是如此笨拙，如此认真。

我也笑，但一边笑一边憋出正确的发音来，与自己的习惯作战是需要一点儿笨拙精神的。

娟也很认真地给我指导。

我很羡慕娟一口字正腔圆的普通话，与她认识二十余年，作为同事、好友，一路走来，我们见证了彼此生命的成长与历练。在我的眼里，她是天生靠头脑、靠嘴巴吃饭的人。

我问她："你的普通话是怎么练出来的呀?"

她笑眯眯地说："来，我告诉你，这一切都是有原因的。"

她的妈妈是小学语文老师。当年，乡里的小学语文老师绝大多数是民办老师，教育组要定期给他们进行普通话培训，娟的妈妈就是培训老师。

"妈妈在教那些老师之前，先教我呀。"娟说，"你想想看，我从小就在妈妈的课堂上旁听，听着听着当然就学会了。"

后来她上了初中，参加全县的中学生普通话比赛。得奖的几乎全部是县城的孩子，她是唯一一个从乡镇来的学生。

"我一开口，别人脸上的表情就亮了。"娟说，"而且，这不仅仅有我妈妈的功劳，还有我爸爸的。"

娟的爸爸从武汉大学中文系毕业后，到上海戏剧学院进修过戏剧文学，跟余秋雨是同窗。

她说："当时我去参加比赛的台本就是我爸爸帮我写

的。他自己创作了一个情景小品，里面有四个角色，黑板、粉笔头、黑板擦，还有讲台，讲的是它们之间的故事。"

"我爸爸不是在发音上指导我，而是教我怎么表演。我到现在还记得我爸爸要我说到粉笔头时，一定要在后面加儿化音，粉笔头儿，非常活泼，拟人化。"

听她这么一说，我感叹："难怪我的普通话说不好，原来是输在起跑线上了。"

其实，也是为自己找借口。所以，至今仍说着蹩脚的普通话的人仍然是我，二三十年前如此，十年前亦如此。

五六年前开始在电视台做评论员，这对我是很大的锻炼和考验，我也强烈地意识到说好普通话的重要性。但是，那些错误的发音依然是我的死结，我也常常因此而被制片主任和娟提点，虽然有所改进，但仍不尽人意。

有一天，主持人魏老师鼓励我，你要相信自己会讲好普通话的。

她讲了台里一个摄像大哥的故事。

摄像大哥的孩子读小学，有一天孩子在家里做作业，摄像大哥过去想要指导一下孩子，结果被孩子无情拒绝。孩子一脸不屑地对自己的父亲说："你一口的武汉话，还来教我。"这番刺激下，摄像大哥发愤要学好普通话。在电视台工作倒是有条件，因为成天面对的都是说着标准普通话的主持人。他就跟着学习、揣摩，有拿不准的发音就去请教。坚持一年之后，说得一口标准的普通话，由此而获得了儿子的认可与赞赏。他很开心，因为对于一个父亲而言，孩子的认可就是至高的嘉奖。

听她一说，我也有信心了。

之前另一位也叫娟的美女送了我一本《普通话培训测试手册》，我有时间就拿起来看看，但多数时候它就在书架上沉睡，封面上已经落灰。现在，又多了一重压力，我可不想让我的学生在讲台下面嘀咕：老师连普通话都说不好，还来教我们。

如此一想，如芒刺在背，我是真的真的要正视自己的发音了。

赶紧起身，先把那本书中的《zh＼ch＼sh和z＼c＼s辨音字表》复印下来，随身携带，没事时就拿出来看看，读读，背背。

人生奔五，我还在和我的舌头作战，让它能正确地发出翘舌音以及平舌音。

其实也挺好玩的呢。

# 优雅的吃相

经历过饥饿的人大概难以有优雅的吃相。

因为，当你饥饿时，会感到喉咙里伸出无数双手，帮你攫取眼前的食物。

此时，饥饿的力量压倒一切，顾不上形象，以及其他。

我曾用这样的理由，为自己吃相不佳开脱。

当然，那个敢于指出我吃相不佳的人，必然是我最亲密的人——我的女儿。

进餐时，我们母女会形成鲜明的对比。她有一种与生俱来的优雅，慢慢地吃着自己眼前的食物，再好吃的食物，吃饱了就不再吃了。

而我，吃饭的速度比较快，偶尔汤汁会洒在桌子上或者衣服上。有时候，如果盘子里还剩下一点儿食物，即使已经饱了，我还是会把它们吃下。

"不能浪费啊。"我说。

女儿对此非常不解，她说："你明明已经饱了，为什么还要吃呢？多余的食物只会让你长胖，你不是总在喊着要减肥吗？"

　　"哦，那只是习惯。"我笑着说，"吃下多余的两口也好，减肥也好，仅仅是习惯。"

　　"这个习惯不能改吗？"她问。

　　我就看着她笑，她瞪我一眼，叹一口气。

　　直到有一天，我遇到一只猫。

　　那天，烈日灼人的正午时分，我从楼上下来，去小区门口买东西。在路上，有一只猫蹲在路边，正在吃东西。

　　这个小区常常有流浪猫出没，爱猫的人会放一些食物在路边，供它们取食。那是一只小小的虎纹猫，它很瘦，想必平时也是饥一顿饱一顿。但我看它细细地吃着，时不时还停下来舔一下自己的爪子。

　　它慢慢地咀嚼，我甚至可以看到它的胡须在阳光下微微地抖动。过了一会儿，它停下来，嗅一下食物，再接着吃。

　　夏日正午的阳光会催人快快地走，但是，看到这只离我十来米开外的正在路边进食的猫，看到它那从容优雅的吃相，我放慢脚步不忍走过去，我怕惊扰了它。

　　这只猫的吃相给了我极大的触动，一只流浪猫，食物于它是随机的，通常情况下是匮乏的。但是，在这样偶得的食物面前，它也不失从容，慢慢享用。

后来，当我吃饭时，时不时会想起那只猫。

万物可为镜，照见我们自己。

真的，那天正午阳光下从容进食的小猫，与我狭路相逢，好像就是为了来给我上课的，一堂有关吃相的课。

从那以后，我觉得自己的吃相变得优雅了一点点儿，但是离那只猫，我觉得还有距离。

# 购物车里有你的流年

## 1

在电视台等待录节目的时间里，看了看我的手机淘宝购物车里的几件衣服，它们在模特身上如此美丽。

坐我旁边的王老师问我："这是你的照片吗？"

我笑："怎么会呢，是人家模特的。"

她就笑："我也喜欢这样的款式。"

我把手机递给她看，向她推荐这一家店的衣服。

我有一个网上购衣心得，平时看到喜欢的，先放到购物车里，再一点点儿做减法，减不下去的，就是真的喜欢。

感谢淘宝，它真实记录了我多年的购物史。

昨天夜里，我拿沙发上的抱枕过来当靠垫，想起当年和它一起买的还有一套沙发垫，但是一直没用，不知道放到哪里了。

它消失得太彻底，以至于我怀疑自己是不是当时只是动心却根本没有买回家。

要不，去淘宝上查查吧。

找到抱枕上的商标，搜索，一下找到了，我在2015年12月15号买的这个抱枕，但是却没有沙发垫的记录。它们的花纹图案是一样的，在我的记忆里。

也许是在另一单里吧。索性就开始翻淘宝的购物记录，如果买了，应该就在这个时间的前后。

果然，当我一直翻到2015年的12月25日时，我看到了那个沙发垫的订单，124元。

我确实买过，而且是一款很漂亮的亚麻沙发垫，只是我从来没有用过！

我甚至想起来我当时收起来的原因，它太美了，我舍不得用。我想等家里来客人再铺在沙发上，但其实家里来客人时我就忘了它。想到它时，却找不到它了。

这就是最大的浪费，明明有一件美物，却没有发挥作用。

如果往深里挖，这是我生命里的一个隐喻，一种症结。

在此前的几分钟里，当我的手指划过手机屏幕，从当下往几年前溯流而上时，我看到了一条物质的河，我在其中载浮载沉。各种各样的衣服；生活用品，从油盐酱醋茶到生鲜百货；日常开销，书、电影票、手机充值；甚至还有灯具、书架、衣柜、移动硬盘、宠狗粮以及杀虫剂……

这些物质曾经点燃了我的购物欲望，最兴奋的时候是下单前的时刻，之后就是等待。再次兴奋，则是在物品收到的时候，因为想知道真正到手的，是不是正合自己的心愿。

然后呢？

食物被吃掉了。衣服，基本上也穿过。那些画册和书，此刻就放在书架上。

可是，那套沙发垫呢？

相信它还在我家里，相信我会找到它，但愿它只是在跟我捉迷藏。

是的，我清楚地记得，当时我想的是家里来客人时才用，以示珍重。可是，正是这份珍重，却导致了失踪。

所以，吸取教训，以后的购物原则一定要加一条：买某件东西一定要是多数时间都用得着的，不要买那种特定时候用的东西。让它之于我，就像饮食，就像空气，就像平常日子。

## 2

临近春节，大家都在晒支付宝年度关键词，我的是"远方"——"新的一年，你会去看更多的风景。生活不是赶路，而是去感受路。"

呀，支付宝太贴心了，它怎么知道我向往远方？

赶紧存到相册，发到朋友圈。

结果，好多朋友圈都在晒如何解密关键词。对于关键词是"远方"的人，据说是因为这一年在酒店与旅途上的花费最多。

我当场笑倒。

回忆了一下，这一年我的首单支付宝消费，确实与酒店消费有关。当时女儿放寒假，我们一起去咸宁三江森林温泉，订了那里的温泉门票和酒店套票。这么一想，支付宝的数据分析与大家的调侃倒也不是空穴来风。

这个世界上，除了淘宝、支付宝，还有什么能如此完整地记录下你的消费清单？

每一笔都记录在案，巨细靡遗，而且不会撤销清空，只要你想查，和盘托出。

它就是你的生活账簿。

美国艺术家路易丝·布儒瓦说，一个人的衣橱里，那些衣服的形状、重量、色彩和气味能够复述你的人生。

套用一下，一个人的淘宝记录，就是你的流年，从中，可以看到一个人生活的大致样子。

其中必然有一笔消费，呼应或者是唤醒了你内心深处的某种感受，而这种感受与这些关键词有关——自由、远方、小确幸、温暖、宁静、纯真、旺、范儿、改变、能干、颜值正义、柔软、成就、懂得、坚持……

# 目光交接，眼神确认

元旦，去了汉阳的叔叔家，先在汉阳江滩上逛了逛，吃了丰盛的午餐，然后跟他们告别，去了武汉美术馆。

6号线上人多到如沙丁鱼罐头，后来回武昌时乘的2号线更是让我惊叹。等了两班车才挤上去，在车厢里完全不用找扶手，周围的人把你紧紧包围。

地铁上的拥挤之外，还有一次又一次的排队。

因为限流，先在美术馆门前广场排队，后来在6号馆排队，再到7号馆排队。

其实只有一幅莫奈的真迹。

1、2、3号馆的写生展在我看来倒更值得一看。看到了不少冷军的画。他的朋友在画模特，他在画他们所有人。

这个展持续到明年4月。我会在中间的某个时间再来细看，也许会有不同的观感。

这一次，我想，我是来看人的。

幸亏我还找得到看人的乐趣。

在广场上排队时，站在我后面的两个妇人一直在聊天，其中一个对她的伙伴说："这是俄罗斯的，很好吃。"

我微微侧身，看到她手上拿着一块包装精美的点心。

伙伴推辞说不吃。

"哎呀，拿着，晚上吃，带回家给伢（方言，小孩儿）也行。"

伙伴就接过去了。

又听到她的声音："还有莫奈的画呢，我之前还跑出国去看，现在在家门口就可以看，排个队怕什么。"

这，倒是可以安慰一下在这里排队的所有人。

过了一会儿，又听到她说："来，吃一块。"

她拿着一袋拆了包的零食，两块手指头大小的麻薯。

伙伴推辞。

她坚持："吃吧吃吧，一人一块。"

排队的时候吃吃东西倒是不错的消遣，人生苦多，甜一甜嘴也是好的。

她还带着水杯，不时喝口水。

我倒是真的渴了，只能忍着。我的包里，只有堂妹送我的一盆多肉、钥匙、钱包以及快要没电的手机。

有一个小伙子牵着一只漂亮的边牧来广场上玩，那狗狗成为焦点。它在人群中欢蹦乱跳，用嘴咬着狗绳和主人对抗，拉不过，就到主人身边把前足搭主人身上，向主人示好、求和、撒娇，简直成精了。

它身上的毛长长的，黑白两色，跑起来很飘逸。

想起我的嘟屁，现在在家里安睡。作为一只长着一身长毛像拖把一样，偶尔出来遛遛，回家就得洗澡的狗，它只能当宅女。


看展，也看人，有一个女子，跟我一样高，比我还瘦，也是黑色大衣，灰色呢帽，短发，小脸，气质优雅。她所有的细节都讲究，这么冷的天穿的是细高跟皮鞋，很佩服。

我看她，她也几次看我。

大概就觉得彼此是同类，有几分欣赏，但不会唐突地去打招呼。只是在看画的时候，转来转去总会碰到，然后走开，最后消失于人海。

相似的打扮后面有相同的审美，也可能有更多的相同点。但是，只是一次邂逅，和一个与自己比较像的人的邂逅，用目光致意一下，告诉她，我很欣赏她，但是不打扰。

……

终于可以看莫奈的真迹了，经历三轮排队，看了无数的人，可能也被无数的人看过。

# 圆　梦

"过去十年，我参加了三次考试，一次是考编辑资格证，一次是考心理咨询师资格证，一次是考驾照。每考完一次，我都对自己说，我再也不要考试了。可是，现在，我站在这里，以考试的心情。看来，人生真的不要给自己设限，你永远不知道明天你要面对一场怎样的考试。"

这是我在武汉工程科技学院试讲时的开场白。

我的同学都当博导了，而我，在这所大学谋一份兼职的教职。

不过，人生嘛，兜兜转转，走的弯路越多，看的风景越多，关键看心情。

我是在上周五得到试讲《新闻心理学》课程的通知，时间定在今天上午10点。

一开始真的很紧张，好在家里有一本《新闻心理学》，我啃了其中的一个章节，又请教了身边的朋友——

娟、大杨老师、小杨老师。

娟给我打气，让我看到自己的优势，有采访经验，有文化积累，要注意的是语言生动，多一些互动，调动气氛。

小杨老师的建议最具体：

一、PPT 很重要，现在是读图时代，好的图片给人视觉上的享受；

二、15 分钟容量很大，可以讲很多，通常新手会讲得快，多准备一点儿内容；

三、节奏把握好，该快快该慢慢，有些地方不妨煽情；

四、准备小纸条，用彩笔写下 PPT 上没有呈现但很重要的内容，以作补充。

我刚开始很混乱，不知道怎么着手，后来不断地给自己打气，找自己身上的资源。

庆幸自己一直在学习，在充电，在写作，让我有良好的语言组织能力。

庆幸自己在《调解面对面》做过数百场节目，面对镜头，面对观众，让我不怯场。

庆幸自己一直坚持在做家庭教育方面的系列采访，给我足够的采访实践。

我选取"如何把握采访对象的心理"作为试讲题目，找到了要讲的几个主要的点，准备了充分的案例。大致准备好后，周一晚上，我请两位杨老师到家里来，做我的模拟试讲的评委。

结果，她们对我的形象分打分最高。

那天我穿的是一款藏青色旗袍，它和灰色大衣确实很配。

人生中快乐的事不多，这不多的快乐中当然包括穿自己喜欢的衣服，被人赞美。我决定就穿这一身去试讲。

虽然平时是朋友，但那一刻她们是评委，所以，我真的有几分紧张，中间还呛了口气。大杨老师说这在讲课中会有的，说一声 sorry 就可以了，要记得带一个水杯，碰到这种情况，赶紧喝水。

时间是超过了 15 分钟，我就索性把要讲的内容全部讲完，然后让她们给我点评。

大杨老师说，停顿、拖气，全部要去掉。

小杨老师说，在结构上，前面要有一个像序一样的切口，后面要有一到两分钟做总结。

我讲的几个故事给她们的印象最深，这确实是我的强项。

她们提醒我，不要啰唆，要用简洁明了的语言。

和听者有目光的交流，不能只看文案。

要会煽情。

小杨老师帮我把 PPT 的逻辑顺了一遍，她告诉我，不要拘泥于教材，要用自己的理解，自己的语言来讲。

这对我是最大的帮助，让我从教材的束缚中解脱出来，在理解的基础上用自己的语言来讲，对我来说就轻松多了。

所以，教学也可以视作一种二度创作。

小杨老师告诉我，她当年参加学校的教学比赛，一共三轮，每一轮三个题目供参赛者抽签。如此三轮下来，她前后做了9个PPT，每一轮都要查很多的资料，还得不停地修改，直到满意为止。

看来老师真不是那么好当的啊。

很感谢她们把自己的经验倾囊相授，有这样的朋友，真好。


今天早上，8点40出门，边开车边听了之前我录的两版试讲，发现自己的语言平淡舒缓，讲不好就是学生的催眠曲。不过用积极的眼光看，从容，娓娓道来，也是一种风格。

9点半准时到达，教学秘书下来接我。到了教室，发现投影仪有问题，只好将PPT打印出来，听课老师人手一份。虽然效果少一分生动，但也足够。

相对于此前准备工作的漫长，15分钟的试讲真的很快，我充分体会到了何谓"台上一分钟，台下十年功"。

讲完之后，征求在座老师的点评和建议，他们基本上都很认可。

后来到院长办公室和院长谈了一会儿，他介绍了院系的情况，以及今后教学中要注意的一些问题，比如教学内容的实用性，考虑学生的差异性，等等。

　　明年开学后，就可以去给大二学生上课，一周去两次，每次两个课时，连续两个月，共32个课时。

　　11点离开学校，回家。到家后接到小杨老师的电话，她对我的事真的很关心，我很感谢。她笑着说："我也是找价值感嘛，以后我做你的教学顾问。"

　　这真的太好了。

　　大杨老师也在微信上问我试讲情况，我说一切顺利。

　　她说，欢迎加入教师队伍。

　　以奔五的年龄去体验一个新的职业，很不错啊。

　　其实，就在昨天夜里，我做了一个很有趣的梦。

　　我发现我的一个大袋子里面有很多的虫。我倒出来一看，都是蚕宝宝，有的胖，有的瘦。我把它们倒出来，并且纳闷它们是怎么到我的袋里的。

　　在梦中，我守着那些被我倒出的蚕宝宝。当有人经过时，我对他们说："你们拣几条蚕宝宝回家吧。像这种身体发黄发亮的，马上就要找地方吐丝结茧了。你只要把它们放在鞋盒里，或者任何一个有支撑的地方，它们就可以结茧，真的很美哟。"

　　作为一个心理咨询师，每次从梦中醒来，我都会习惯性地想，这个梦的意义何在？它用梦的语言告诉了我什么?

在我的联想里,蚕是这样的一种象征物:它一生不断地蜕变,最后通过吐丝结茧,把一生所吸收的营养变成另外一种物质,来实现生命能量的转化。

而这一点,正是我目前正在做的,无论是写作,做调解,还是做咨询,当老师,都是我的能量转化路径。

当我鼓起勇气去尝试,并得到朋友们的帮忙,达成一个心愿,实现一次转变时,我真的很开心。因为有了这一切,人生足够丰富,足够美好,足够温暖。

感恩一切,并愿你的人生也能得偿所愿。

# 一种疼痛

　　一个结婚不久的小同事问我："茶姐姐，生孩子真的很疼吗？"

　　"真的很疼。"

　　"那，有多疼？"她问我。

　　我想了一下，对她说："骨折很疼吧？生孩子的疼比这种疼要疼十倍。"

　　她眨巴着眼睛看我。

　　我把双手十指合拢，说："假如这是女人的盆腔，你想象一下，这些盆骨原来是这样长着的。现在，它们要从内部自己打开一些，好让胎儿从这里出来。那些盆骨要自发性地位移，像开一道生命的门。你可以想象一下，那是怎样的一种疼。"

　　她哆嗦了一下，瞪大眼睛看我。

　　我笑了，好吧，作为一个过来人，讲讲自己的经历与见闻，给她做做科普，也是为未来某一天她将要面临的人生重要时刻做点儿心理建设。

当年，我是过了预产期十多天发作的，先是发现破了羊水，半夜三更去了医院。原本以为一进医院就会进产房的，根本不是，先做检查。

医生问："疼不疼？"

"不疼。"

那医生转身就走了，走之前撂下一句话："不疼就不会生。"

好不容易开始疼了，医生又问："有多疼？多长时间疼一次？"

"一点点儿疼。"

"那还疼得不够。"医生说，"那意味着产道开口不够。"

一指，两指……直到开了五指，才能上产床。

这个过程，疼痛逐渐加剧，频率渐高。但具体感受与时程，因人而异。有的人可能两三个小时就能上产床，有的人得一天，还有的人得两天甚至更久。

那种持续的，一阵一阵袭来的，自身体内部发生的疼痛，真的无法形容。当时，唯一支撑我的信念是，已经这么疼了，还能再有多疼？

度秒如年，就在那样的时刻。

生死一线，也在那样的时刻。

感谢命运之神，我顺利地生下了女儿。

人生中这样的时刻不多，值得庆贺。

因为有的人，可能迎不来这样的时刻。

记得我还在产房外等待时，听到护士喊另一位产妇的家属。

一个男士过去。

"赶紧，病人需要输血，这是单子，你去缴费……"

之前我和那位产妇曾一同在外面等待，简短聊过几句，她先进去检查时，我听里面的人说，听不到胎心音……

在做产后恢复的病房里，也得以见识众多产妇与她们的家属。

有一个新爸爸是律师，总是在下班的时候赶过来，西装革履，提着公文包，典型的商务男。他来看看孩子，跟妻子简短聊几句，接电话，热情地跟同病房的人打招呼，发名片，礼貌周全，来去匆匆。

有一个产妇，白白净净的。丈夫却是一个黑脸汉子，长得憨憨厚厚，工科男打扮，木讷寡言，几乎就没有听他说过什么话，静静的，如同空气。妻子发出指令，他去执行，一丝不苟，小心翼翼。

有一个爸爸，晚上来看妻子时，带来一枝硕大的粉色月季花，他说是在他家院子里摘来的。他把花插在瓶子里，放在妻子的床头。妻子十分高兴。

晚上，他家的宝宝哭，他就起来照顾。还踱到我们家宝宝的床边看一眼，说："你们家宝宝这么安静。我来看一下，看你们是怎么给她穿的衣服，铺的被窝。"

他长着一张娃娃脸，真的还一脸稚气。但是，看得出来，当上父亲的他很高兴，很认真地学着做父亲，体贴妻子。

每一个新生命所投身的家庭不一样，等待他们的命运，也各不一样。

我站在阳台上，看着楼下的车流、人流，然后，看见远远的在红绿灯前的斑马线上，孩子的父亲推着自行车出现了。他背着双肩包，里面的保温杯里是我母亲做好的汤——鲫鱼汤或者鸡汤。

那一刻，我的心里觉得特别安宁，特别满足。

# 惊艳时光的老照片

**教**授即将迎来自己的 90 岁生日。

在他的书房，我和教授的弟子就教授的著作一事和他商量。书桌上、沙发上，甚至地板上都堆放着教授的手稿、资料。

文字部分已经准备得差不多了，现在需要补充一些资料，比如照片。

我们在翻看老人家提供的一沓照片，他的弟子突然抬头对老教授说："王老，我记得您和师母有一张合影的，那张照片特别好，可不可以找出来？"

"哪一张？"教授问。

"是你们年轻时候的，好像是结婚登记照一样的半身照，那张照片真不错。"

这时，老教授的夫人从客厅过来，说："哦，我知道那张照片。"

她出了书房，过了一会儿进来，手上捏着一张小小的两寸黑白照片，问道："是不是这张？"

照片的边儿已经泛黄，但是，照片上的两个人，真年轻，真美。

连我看着都觉得眼前一亮。

当年的教授，一件白衬衣，一头浓密短发，明眸皓齿，真正是风华正茂。一个字，帅。

此刻，坐在藤椅上的老教授，风度儒雅，气质不凡。但是衰老，如同暮色四合，挡都挡不住。他的脸上、手上有大块的老人斑，初秋的天气，他已戴上了帽子，夹克衫的里面还穿着背心。他的夫人也像所有老年女性一样，穿着宽松的家常服，剪了短发。而照片上的她，真美，两根粗粗的辫子拖在肩上，油黑发亮。眼睛大而明亮，笑容恬静文雅。她身上的那件条纹衬衣裁剪合身，样式就是放在现在也是时尚的。

老教授对自己的身世很少提起，但这张照片上的年轻人，分明有着世家子弟和大家闺秀的气质。

我明白老教授的弟子何以会记得这样的一张照片了，当初他看到这张照片的第一眼，想必也如此刻的我一样，被惊艳到了。

几个月后，书出版了，我拿到样书，打开后先看照片，在所有的照片中，这张黑白照片仍然是最美的。

小小的一帧黑白照，留住了两个人最美的年华。

照片至少是半个世纪前所拍，那个时代拍照是一件奢侈的事，要到专门的照相馆，由专业的摄影师拍摄。

当时，两个年轻人是怎么起意去拍照的呢？照片背后有怎样的故事，能让两个人脸上流露出如此幸福的笑容？摄影师按下快门的时刻，会想到有一天这张照片会印在一本书上，成为两个人青春的见证吗？

一切只能靠猜想了。

现在，随着电子产品的流行，拍张照片简单得如同眨一下眼。只是因为得之太易，反而让拍照失去了以往的魅力。

而老照片，因稀缺而珍贵。

我的电脑里所存的我自己最早的一张照片是我的大学毕业合影。2012 年夏，大学同学聚会后，有人顿生怀旧之心，便将当年的毕业合影扫描后发到群里，于是，我才有了这张照片。

看上面的自己，白衬衣花裙子，侧身半蹲在前排，微笑着，面对行将展开但又并不清晰的人生，既胆怯又向往。

照片中，男生都瘦，个个玉树临风；女生都美，如花在枝头。再回想同学聚会时，毕竟人到中年，男生都有了啤酒肚，女生亦有了皱纹。那些光洁的额头，那些明亮的眼，只留存在这张老照片里。

喜欢这些老照片。

终有一天，当我们老了，照片中的我们却依然年轻。那些当时不经意的浅笑低眉，在后人的眼中，是一段令人惊艳的小时光。

# 江河之上，时间之下

## ——船上的记忆

前天晚上，我们几个妈妈约着去了知音号。

早在半年前，芳草就在群里发了知音号的有关信息，得知这是全球首部漂移式多维体验剧。当时在宣传期，有奖征集故事，我收藏了那则信息，却没有参与，想来有些遗憾，要是中奖了至少可以赢得一张船票。

后来在朋友圈看到有人在船上拍的照片，极美。

上周，文利在群里发消息，请我们去知音号，好不容易五个人周三晚上都凑巧有空，一约再约的聚会终于成行。

一起吃过晚饭，江江开车带我们去码头登船。

从五福门进去，远远地就看到码头上灯火璀璨。

这里一切都是以怀旧风格打造的，尽量还原当时的情景。门口卖纪念品的小贩都着长衫，而游客们中，女士穿旗袍的居多，男士有穿长衫戴礼帽的。据说演员会随乘客一起上船，真的分不清楚哪些人是演员，哪些人是游客。

在码头栈桥上，有人递来报纸，上面是知音号的介绍，报纸版式跟当年的报纸一样，我拿回家，作为收藏。

报纸上介绍了游船的线路，行程中，从一楼、二楼再到三楼，最后船头甲板，依次上演不同的情景剧。游客跟着导游的引导，移步转景，观看并体验不同的场景里演绎的不同故事。

在一艘船上最盛产的就是邂逅。原本是漂泊的江湖客，在一艘船上相遇，彼此是陌生人，但也是有缘人。

于是跳舞——

一楼以舞池为中心，穿着华服的男男女女在这里跳舞。摄影师在这里穿梭，追光灯在不同的人身上聚焦，舞步停下，灯光下的那个人开始他的讲述，关于人生，关于理想，关于生活。然后，继续跳舞。

于是倾诉——

二楼以吧台为中心，酒保眼中的每一个酒客，都有他们自己的故事，等电话的痴情客，醉酒的人，等等。

于是喃喃自语——

到了三楼，在大通铺区域，盲人、擦鞋匠、茶水先生、卖花的少女，穿梭走动，有的人沉默不语，有的人滔滔不绝。在上等舱单间里，有茶商，有带着自己毕生收藏的艺术品的雅士，有木匠传人，有作家，有病人，他们带着自己的行李，也带着自己的宿命，来到这里，聚，然后，散。

在这里，游客随意选择自己感兴趣的演员，观看他的表演，倾听他的心声。

这些演戏的人，这些看戏的人，互为镜像。

最后来到船顶甲板上，这是最后一段船上时光，乐队在奏着欢快的音乐。甲板上的人三三两两聚在一起，看两岸流光溢彩的夜景，拍照，聊天。

一段音乐响起，身边原来跟我们一样在聊天、拍照的十几个年轻人突然跳起舞来，带动了整场的气氛。

正如他们的企划案中所写的一样，你真的不会知道你身边的人哪些是演员。

两个小时的时间很快就过去了，离开的时候意犹未尽。最后在码头上，看到那些年代感极强的邮筒、黄包车和报亭，都忍不住拍照留影，开心得忘了时间。

坐最后一班地铁回家，一路上，还有些兴奋。

那一艘带给人穿越感的船，那一艘满载着欢笑与哀愁的船，在两个小时的时间上演了一出在我看来可以命名为"浮生若梦"的戏剧之后，渐渐地离我而去，在下一个华灯初上的夜晚，迎来新的游客，上演同样的剧情。

我在地铁上，想着我曾经坐过的船。

2000 年的夏天，带着孩子去小三峡，先坐车到宜昌，再坐江轮，逆流而上。到巫镇后，再转乘小船，游小三峡。那是一次全程都在船上的旅行，是一种特别的体验。

看脚下江水奔流，身边长风浩荡，两岸山峦起伏，大自然的雄奇与瑰丽，在这一路之上如画轴般展开。

1995 年的夏天，单位组织去庐山玩。先从汉口坐轮船到九江，夜里上船，次日清晨到达九江。想来有十来个小时的航程。后来我开车去过九江，大概只要三个小时，可见船是慢的。

但是这慢中，更有时间感。

在武汉生活多年，身在武昌，偶尔也会坐轮船过江，不是为了赶路，而是为了体验一下人在江上，以及那种慢慢抵达的感觉。

在路上，并不总是越快越好。

这一生，你的每一步路都不会白走。

同样的，每一次的船，你都不会白坐。

肆

美学的生活

# 一瞥之下，看到流年

早上不想做早餐，去削了一个苹果。

我端着装了苹果的盘子踱到北阳台，一边吃一边往后面的那幢居民楼张望，它是我的风景。

于是，看到了那位住在二楼的拥有绿阳台的老奶奶。她还是像从前那样，用长柄的勺子一点点儿地往那些花盆里浇水，像一个给婴儿喂食的母亲。

老奶奶今天在蓝色的衬衣外面罩了一件黑色的针织外套，我想，等我老了我也这样穿。

隔了一个单元的三楼阳台上，一位短头发的中年女子正在抽烟。她一边抽烟一边往外张望，然后熟练地将烟灰弹到阳台外沿放着的一个白色搪瓷碗里。

她潇洒自如地吸烟，摸摸挂在阳台上的衣服，再往外面望了一会儿，就进屋去了。

我不知道，她有没有看到我，一个在窗台前吃苹果的人。

这是有趣的巧合，三个女人，不同年龄，不同职业，不同身份，在同一时间，出现在各自的阳台上，只为享受我们各自的片刻生活。

种花种草是生活，抽一支香烟是生活，吃掉一个苹果也是生活。

一瞥之下，我看到了生活。

中午回家，停好车，从车上下来，突然发现，停车场边的那堵墙已被爬山虎变成了一面绿墙。在我的记忆中，那些爬山虎还是如铁丝般蜿蜒在水泥之上的细藤。现在目之所及，全是手掌大小的叶子。叶子密密实实地铺开，织成一面绿网，覆盖住了墙体上那些巨大的石块以及石块之间的水泥缝隙。风吹来，它们此起彼伏，摇曳生姿。

我从手机上翻到一个月前拍的它们茎如铁线，只在枝头有两片绿芽的照片。

一瞥之下，我看到了时间，也看到了一种生命力的爆发。

游泳馆更衣室，我旁边的那位奶奶带着孙女刚刚从淋浴室出来，小姑娘急急地从包里掏出一块饼干开始吃。奶奶一边给她穿衣服一边说："哎呀，我的衣服刚才都被淋湿了，怎么办？"

"那就不穿衣服呗。"小姑娘说。

我就笑，奶奶也笑。

奶奶胖胖的，跟很多这个年龄的女性一样，没有了腰身，皮肤松弛。

我赶紧收回目光。

一瞥之下，我看到了苍老，且觉得触目惊心。


晚上和静思聊天，她对我说，我们要趁着现在还来得及，多穿一点儿美美的衣裳啊。将来当了姥姥，一方面，身材没现在好了；另一方面，如果帮着带孙伢（方言，孙辈小孩儿），孙伢揪啊抓啊，鼻涕眼泪往上面抹呀，也舍不得穿多好的衣服了。

听她说完，我哈哈大笑。

那一刻，我想起了在游泳馆遇到的那位奶奶，也许，曾经，她也有过和静思同样的想法吧，在流年之前，在她恰如我们此时年纪的时候。

# 合 一

"一切伟大都诱人设想生命突然结束了也好,登上摩天大厦想往下跳,见了金字塔想往里钻,进了群山万壑想失踪,在拿破仑或成吉思汗麾下想赴汤蹈火马革裹尸。"

二十多年前看到王鼎钧先生写的这一段文字,为之心动。

因为,我曾经有过类似感受。

那时刚参加工作不久,单位组织到武当山旅游。在平原长大,对于高山有无限向往与憧憬,身临其境,便激动不已,一边手脚并用地攀爬,一边感叹山之奇伟险峻。历经千辛万苦,终于登上金顶,然后就看到了壮美至极的景色,看到山峰之间云雾缭绕,影影绰绰,犹如仙境,似乎藏着诱惑,让人真的有一种想跃身而下的隐秘冲动。

只是零点一秒的念头,但是和王鼎钧先生所写的如出一辙。

不同的是,那时只是想跳,却并不是想死。想的是,也许，也许有一朵云雾可以托着自己，得道成仙。

二十岁出头，对未来有着无限憧憬，对世界还有满满的好奇，活得兴致正浓。但是，因其雄伟瑰丽而让人想要投身的那种冲动，却也真实不虚。

后来，在海边看潮，在飞机上看云海，这样的念头都会闪现。

我觉得，要形容这种感受，更确切精当的一个词是"合一"。

因为伟大，而想与之合一。

今天早上，我所在的飞灵读书会微信群里，有一位坚持每天贴一首诗词的读友贴了一首词——宋代词人辛弃疾的《生查子·独游雨岩》。

溪边照影行，天在清溪底。
天上有行云，人在行云里。
高歌谁和余，空谷清音起。
非鬼亦非仙，一曲桃花水。

我是第一次读到这首词，很喜欢，当即将它保存到手机里。

这首词所描写的其实也是一种合一的情景，天空、行云、清溪、人、歌声、回音、流水声，完美地融合在一起。

而且，就像王鼎钧先生的那段文字一样，它也勾起了我的一段回忆，那段回忆与这词中所描写的情景何其相似。

　　我是在河边长大的，河堤是我儿时的乐园。在村头的闸口往东有一段长堤，因为离村子尚远，所以没有种树，只有满坡的野草。我们有时在堤上放牛，夏天在堤下河边钓鱼，在河里摸蚌。这里因为远离了大人的视线，所以成为孩子们自由自在地撒野或者冒险的地方。

　　那天，天气非常好，是初夏之季，一年中最美好的时节，温暖，明亮，闲适。我一个人来到这里，我忘了是为什么来的，也许只是为了寻一朵小花，而且，是一个人。然后，我坐在河边草地上，望着河水发呆，望着河对岸掩藏在绿树中的村庄发呆。大概是太慵懒、太舒服了，然后，我就慢慢地躺到草地上。在躺的过程中，身体有些微的失控，有半秒惊心，怕自己滚到河里，还好，没有，我躺下了，身体与河流几乎平行。

　　当我睁开眼，我看到了一幕神奇的景象——我躺在蓝天与白云之间，我的头顶，我的身边，全是蓝天白云，我被蓝天白云簇拥着包围着，甚至觉得就连我的身体下，也是蓝天白云。

　　原因很简单，河坡很窄，我左侧的河水清澈如镜，倒映出整个天空，右侧没有树或者其他东西分割视线，河水里的天空与真正的天空此时在我眼里是浑然一体的。我根本分不清哪是天空哪是河，我似乎漂浮在河里，又似乎飘浮在天空中。

那种感觉太奇妙了，我有些眩晕，有些恍惚，有些出神。过了好久，我的神才回来，找到我，看到我以及我的周遭。河水是河水，天空是天空，我是它们的中界，也是它们的连接，但同时也与它们合一。仿佛我也是天空，是白云，是河水，是河水中的天空，是河水中的白云。我离它们很近，似乎触手可及。

其实，那是一个幻觉，美丽的幻觉。

这样的经历，因其偶然而不可复制。至少，我再也不曾去那里尝试重温这种美妙的感觉，虽然，其实，只要我愿意，是可以的，但刻意总不及。

人到中年，看到词人的这首词，突然想起那一瞬，想起那个在天地间瞬间迷失的顽童，不由得笑了。

古往今来，多少人的多少感受，其实是相同的，相通的，这，大概也是另一种合一吧。

# 琐碎的生活

**7**点半起床，泡一大杯炒米咖啡茶，开始新的一天。

炒米是上次在天门买的，家乡小食。咖啡是网上买的，提神必备。一个土，一个洋，但在我这里，成了绝配。放在白瓷杯中，开水冲泡，吃光喝尽，一个简单的早餐就此完成。

去小区门口拿了快递，《中国女性》第 1 期的样刊，还有一本效率手册。

虽然早从网上下载了日历，且打印了两份贴在软木板上，但是收到印刷如此精美的日历，还是很开心。

多了一个记录的载体，便好像时间也多出了一份来。

呵呵，我真的善于自欺。

去不远处路口的菜摊买鱼，看到西兰花、西红柿、杏鲍菇也觉得喜欢，于是，也买了一点儿。

老板一家人后天就要回恩施老家过年，所以要将货品清仓卖出，价格不太贵，西红柿 1 块 5 一斤，冰糖橘 6 块

5一斤，鲫鱼10块一斤。

我买了一袋橘子，三个西红柿，一盒桂圆，两朵西兰花，一根杏鲍菇，以及一条鱼，一大块姜。

一共65元。

回家，把东西放好，把垃圾放到门外，一瞥之下发现自己家的门需要清洁了，于是，拿了强力去污剂喷上，戴上橡胶手套，细细地擦干净。

门恢复了洁净。

女儿站在一边看，说我们家的门其实挺好看的。

住这儿十年，发现这房子除了没有电梯和隔音效果差，别的都好。

做中饭，用萝卜丝烧鲫鱼，用芝麻酱拌婆婆丁，用女儿带回家的新电饭锅做饭。

整理野菜时找出那天挖的两株三叶草，想着要种到土里。于是，在吃完中饭后，带嘟屁上楼，在花盆里种草。

嘟屁在东闻西嗅，女儿用手机和她的男友视频聊天。我把两个闲置的长方形花盆里的土松松，带回家，种上吊兰。

我们家的吊兰不停地长，我就不停地种，最后会成为什么样子，我很期待。

这是一个有趣的过程。

在楼顶上晒了会儿太阳，看到小谢家的菜长得真好。白菜薹、紫菜薹，还有油白菜、大蒜，都长得郁郁葱葱。

我亲眼看到她的父亲在几年前为她砌这个菜池。她和她老公一起搬回家的土，她收集到的花盆、鱼缸，都发挥了作用。在她的精心侍弄下，这里一年四季都有绿色。

她曾跟我说："我种的菜都吃不完，你有时间就来这里摘菜。"

我只摘过一次，在她跟我说这话的时候。

她把这里打理得整齐、干净。

当我推说好难弄到土时，她说："我现在只要有时间就在楼顶上扫一扫，铲一铲青苔，就有土了。"

花盆边上放着一个绿色的大胶桶，里面存满了土，她收集来的土。

她真的是一个非常用心的勤快的女人。看着她的菜，不想看自己种在浴缸里的菜。

同样是大蒜，她的是白富美，我的是小可怜。

责任当然在我。

一个耽溺于做梦的，三心二意的，懒散的种菜人，只能看着小谢的菜园感叹一下，就像我当初看蔡珠儿写的那本《种地书》时的感叹一样。

当然，我也有我的菜园，比如我的文字。

写写这些琐碎的生活，微妙的感受，权当在自己的菜园里种菜种花种草。

这出自一种热爱，也时常受到鼓励，来自读者，也来自我的阅读。

比如那天，我看到一段话，是法国哲学家福柯所说："美学的生活，就是把自己的身体、行为、感觉……把自己不折不扣的存在都变成一件艺术品。"

深以为然。

# 背一首诗之必要

昨晚收到一本杂志样刊，坐在沙发上翻看时，发现一首小诗。

好喜欢，当下拍了照片，发到朋友圈里。

今天去位于"汉阳造"的一个私人艺术馆参加读书会活动，大家分享自己喜爱的文字，有散文，有诗歌。她们声情并茂地诵读，感染了我，于是，我就把这首小诗翻出来，读给大家听。

很简短的诗，但我必须要拿着手机念，因为没有背。讲真，到了我这样的年纪基本上放弃刻意地去背诵什么了。

后来，有一位从十堰赶来参加活动的女孩儿，背诵了《红楼梦》里的《好了歌》，非常经典的诗，但真正能把它背下来的人，可能并不多。

我很敬佩这个女孩儿，她是真的喜欢，于是就把它一字一句地刻在了自己的记忆里。

而我，没有她这样认真。

回家的路上，遇到堵车，从傅家坡一直堵到街道口。一会儿龟速前行，一会儿停下来等，我有些烦躁。突然，我就想，我为什么不用这个时间把那首小诗背下来呢？

于是，在珞瑜路的车流中，有一个女司机手握方向盘在那里念念有词。

两遍、三遍、四遍……

然后，我就会背了。

那种满足感、成就感，油然而生。

而且经由此事，我觉得我更能理解这首诗了，甚至，我觉得诗人可以加上一句：背一首诗之必要。

美好的诗，是值得背下来的。

曾经，在我的大学时代，有一段时间我很勤奋，一天背一首古诗词。那是我自发地做的一件事，因为有兴趣。只是兴趣没能抵过懈怠，在坚持了一个月之后，我还是放弃了。

很遗憾，我在生活中如此这般半途而弃的东西太多了。

比如背诗。

比如画画。

但是，就在那一个月里背下来的诗却在某种程度上丰富了我，滋养了我。有些词哪怕后来不是忘了上阕就是忘了下阕，但是总有最动人的一两行还存在我的记忆里。在适当的情境之下，在某一个神交意会的瞬间，它们跳出来，寥寥数言，胜过千言万语，让我深深地感叹古诗词的精美，以及古人的智慧早已言尽一切。

而自己在写作时，偶尔也会跳出来那么一词半句，让自己平淡的文字有那么一点点儿韵味。

所以，感谢那段虽然不曾坚持到底却也持续了一个月的背诗词的经历，如同感谢生命中所有曾经来过但后来消失的人或事。

今天，当我在拥堵的车流中，为化解烦躁，以某种认真倔强，背下这样的一首短诗时，我仿佛看到了那个扎着马尾辫走在校园小路上与文字玩着一路捡一路丢的游戏的女孩子，也体会到了一种久违的快乐。

这种快乐，也许我可以继续为自己复制、创造，直到倦怠重新淹没它们。

但是，没关系，就这样也很好——

坚持之必要。

放弃之必要。


附：

## 如歌的行板

*痖弦*


温柔之必要

肯定之必要

一点点酒和木樨花之必要

正正经经看一名女子走过之必要

君非海明威此一起码认识之必要

欧战，雨，加农炮，天气与红十字会之必要

散步之必要

遛狗之必要

薄荷茶之必要

每晚七点钟自证券交易所彼端

草一般飘起来的谣言之必要

旋转玻璃门之必要

盘尼西林之必要

暗杀之必要

晚报之必要

穿法兰绒长裤之必要

马票之必要

姑母继承遗产之必要

阳台，海，微笑之必要

懒洋洋之必要


而既被目为一条河总得继续流下去的

世界老这样总这样——

观音在远远的山上

罂粟在罂粟的田里

# 每一个今日都将成为回忆

今天，2017年12月31日。

这个数字再也不会在我打开电脑时自动跳出。

这一天过去了，这一年也就过去了。

上午做清洁，收拾家里。

扔了一些东西，收藏了一些东西，置物架上空出来，把那个白色胖鱼造型的罐子放在了养绿萝的白陶盆边，倒是十分相宜。

把过期的杂志全部扔了。

中午和娟聊天，说到我上午做的清理，她说，很多东西都可以扔掉的，其实人真正需要的东西可以很少。

她说，你看我，不就如此。

确实如此，舍不得扔，说明我还是和过去有太多粘连。

作为一个写作的人，我喜欢回忆，而且记忆力好，有画面感、有细节。

这应该算是我的天赋之一，我怎么能弃之？

所以，我会珍视我的记忆，但是，我会做物质上的断舍离。

女儿的画和我的画，扔掉一些，留下的一部分放在一个大大的纸盒里，一部分卷起来收到书房里。

说来惭愧，画画于我，坚持了一年多之后，在今年的夏天戛然而止。

再看当初的画，哪怕是画废了的，有的细节处还是可圈可点的。

也许，未完成也是一种美。

但是能够放弃，说到底还是爱得不够深。

下午，和好友阳光去游泳馆游泳，顺便在游泳馆附近的荒地上剜野菜。

小恶鸡婆开始凋萎，但婆婆丁长得正盛。因为打过霜，婆婆丁变成紫色，想必会更好吃。

在去游泳馆的路上，阳光讲自己最近的收获，她发现自己会用文字来进行白描了，写他人或者是自己。这于当年小学都没有读完的她，曾经是不敢想象的事。

我由衷地为她高兴，为她这份在不断地学习和成长中找到的自信。

游完泳各自回家，我吃着她送给我的家乡特产——酥糖和荷叶，本来想看看书的——在省图借的书 12 月 14 日就应该还，我一直没去还。

从书中掉出来一枚精美的书签，前任借书人留下的，虽属偶得，但自有心意，我视之为一份美好的礼物。

也许2018年我会多看一些书。

上午清理家务时听李宗盛的歌，最喜欢的还是那首《山丘》，那一句"时不我与的哀愁"。

时间是傲慢之物，它不会快一点儿，也不会慢一点儿。它以永恒的节奏往前走，自顾自，一去不复返。

时间也是有情之物，你如何待它，它也将如何待你，如镜子之投影。

你用身心喂饲时间，必将收获一份与之相宜的生活，或者是回忆。

好在，有回忆。

过去的时光会在回忆里被点燃、被照亮，让你看到这一路走来，自己的样子。

所以，有记忆，真好，我永不和它们做断舍离。

# 全神贯注的时刻

晚上7点，去了野芷湖西路的合美术馆，这里正在举办当代艺术家徐冰的同名个展。

徐冰曾任中央美术学院院长，女儿本科就读于此，曾听她讲过他们历任院长的逸事。她说每年的开学典礼，坐在主席台上的校领导个个艺术范儿十足，或酷或雅或绅士或仙风道骨，各有千秋。徐冰的圆形黑框眼镜、卷发和他的清雅气质，自是其中一景。

这次他在武汉办个展，而且据说是他目前在国内举办的展品最为齐全的一次，我当然要去看。

从7点进合美术馆，到9点多离开，真的很震撼，不虚此行。

一共有三个展区，一楼、三楼以及地下一楼，一个艺术家的作品、创作历程得以全面呈现。

我拍了很多照片，选择了其中一组《背后的故事》发在自己的朋友圈里。

其创作手法很有意思，借鉴了中国皮影戏的表现形式，用一些原生态的材料，如树叶、塑料袋、布头，剪贴、拼凑、粘贴到宣纸上，通过其后灯光的透视投影，呈现出非常有中国画意境的画面。

谁能想到，如此灵动的两条鱼是用蓝色塑料袋装置出来的？中国画的高逸之美和化工产品的简陋之对比，画面唤起的对生命之美的赞叹和原材料无机物之间的对比，反差越大，艺术张力越大。

他用同样的手法创作了一件大型综合媒材装置艺术《秋山仙逸图》。这是他2015年的作品，使用宣纸、灯光、玻璃、塑料、麻绳等各种材料及装置，创造出一幅巨幅的传统中国山水画。

画面很美，很有意境，但画面的背后是什么？是零乱、拗折、编织、粘接的各种原材料。

正面与背面同时呈现，形成一个完整的作品，而通常我们是只看正面的。艺术家借此发人深省，在我们看到的美的后面，到底隐藏着一些什么？原材料与作品之间的差异在哪儿？何为介质？何为真相？创造的本质是什么？这都是值得思考的问题。

"9·11"事件后，他看到飘散在曼哈顿路面上因爆炸而产生的白色灰尘，感觉可以用它做点儿什么，因为这些灰尘里包含着事件的信息以及那些逝去生命的信息。他收集了一袋尘土，但在他回国时，怎么带回却成为一个问题，如果向海关如实解释这一袋白色粉尘，可能难以通过，于是他将它们加水和成泥，用女儿的硅胶玩具娃娃浇铸成了一个泥娃娃，顺利地带回国，然后把泥娃娃磨成粉末，再将粉末撒在冷冽的水泥组成的空间里。这个作品就是《何处惹尘埃》。

这是一个对生活一直保持着敏感与思辨的艺术家的一次创作过程。

他还收集了"非典"期间北京的空气。2003 年 4 月 29 日，非典疫情最严峻最紧张时的一团空气被他封闭在了一个透明的容器里，成为作品《空气的记忆》。

看上去的空，在这里成为一个具象的存在，传递着只可意会不可言说的信息。

他最著名的作品是《凤凰》。当时他受某场馆之托，做一个大堂装置，他去现场看了之后，觉得大堂如同鸟笼，在这里放一只鸟很好。而在工地上，他看到了农民工们简陋艰苦的生活环境，以及大量被弃的建筑工具、材料、废物。于是，他想用这些原材料来做一个装置艺术，而凤凰在中国神话里的神力与象征，与当下的现实有某种契合。这些简陋粗糙、锈迹斑斑但同样有故事有温度被遗弃的材料最终被他组装成一对凤凰。

这件作品气势恢宏，令每个站在它面前的人都叹为观止，若有所思。

还有他的《天书》《地书》系列。

《天书》是他历经四年完成的一个作品。它们是由他手工刻制的四千多个活字版编排印刷而成，而这些字没有人可以读懂，包括徐冰本人在内。它们酷似汉字，却实为艺术家制造的"伪汉字"，虽然看不懂，却又有吸引人看下去的力量，然后做出自己的解读。

徐冰说希望通过这件作品向人们提示一种对现存文字的遗憾，对文化的警觉。

《地书》创作的灵感，来自某一天他看到一则资料，美国在做核试验废料处理时，曾在内华达州的沙漠里埋下大量核废料，这些东西要在一万年之后才能被解除警报。相关信息怎样才能告诉一万年之后的人？科学家用英文做了说明系统，后来有人提出，一万年之后英文不一定还存在。最后，科学家采用了符号化的图形语言制作了说明系统。

这成为《地书》的创作动因。

他在整理《地书》标识时有一个原则，不做主观的发明和编造，只做收集、整理和格式化的工作。因为，人类最可信赖的沟通方式是视觉的。视觉有一种超文化的能力，是事实的直接呈现，其信息不像其他各类沟通体系那么容易被打折扣和变形。

在《地书》展厅外墙上，就用这样的符号系统进行讲述，像一个无声的向导，我半蒙半猜，它将我引领到了电梯口。

放在展柜里的那一本《地书》是打开的，立体书，上面没有文字，只有各种图标符号。它们默默地传递一些信息，创作者想表达，以及观者所理解与接受的，可能并不一致，各不一样，但是，没关系，你看了，皱着眉头想了，笑了，离开了，这就好。

我觉得这个作品是来提醒我，自己的想象力是否还够用的。

《猴子捞月》是徐冰为美国华盛顿史密森学会塞克勒国家美术馆旋转楼梯空间设计的永久陈列作品，借用一则中国古老寓言，诙谐地将人类永恒的疑问，通过中国式的哲思阐述出来。这件装置是将 21 个不同语言中定义为"猴"的文字象形化、抽象化，用"笔画"一个钩着一个，由天窗顶端直到底层喷水池的水面，宛如一行连绵的草书悬空而降。

《芥子园山水卷》，通过将《芥子园画谱》中的部分图画重组而成为一幅山水手卷，用中国画符号系统里固有的程式化的东西组合成新的作品。

他的作品还有很多，而且每一个作品都能引人深思。看这样的个展，其实是很烧脑的。

展厅的墙上挂着的画框里有一些文字，是徐冰的创作谈。

"每个人把自己特殊的部分通过作品带入文化界，价值取决于你带入的东西是否是优质的，大于文化界现有思想范围的，对于文化发展到当下的盲点部分有调节作用的。总之，能否用一种特有的艺术手段将人们带到一个新的地方。"

"这些东西的结果是什么？结果其实是修造了一个与外界无关的，只属于个人艺术内部的，封闭的系统。"

"艺术真的是诚实的，也是宿命的，绝非计划所得。这辈子像是由什么东西在催着走，又像是在找回丢了的什么东西。"

电梯间也挂着一幅相框，里面有一行字也打动了我："一个人一生中，只能有一段真正全神贯注的时期。"

看了他的作品，深深觉得，其实他一直都全神贯注于艺术创作。

展柜里还有徐冰的工作手札。那些涂涂写写的只言片语，各种草图，夹杂的英文单词，潦草的笔迹，是一个时时刻刻在观察、在思考、在记录的人的记录。他的勤奋、专注，他的思维的灵动尽在其中。

后来，我把这些所见所思与女儿分享。

女儿说："我们的老师也是这样的人，在一起开会讨论的时候，你似乎可以听到他的大脑里有齿轮转动的声音。"

我笑了，这个比喻太生动了。

但愿我大脑里的那部齿轮能够一直灵活地转动。

前提是，我要全神贯注。

# 请不要打扰那个发呆的人

在网上查资料,无意间看到一段视频——饶平如老先生的一场演讲。几年前,蒙朋友相赠,看过他的书《平如美棠》,文字饱含情感,质朴无矫饰,而且图文相宜,带给我美好的阅读体验。

视频中,92 岁的老人,看上去很精神,也很健康,他甚至还唱了当年他向美棠表白爱意时唱过的一首英文歌,吹了一段口琴。

老先生讲得非常动情,而我印象最深的一段是,他当年被下放到安徽农村劳动改造,美棠一个人带着五个孩子留在上海,为了撑起这个家,她去做杂工,包括搬运货物、做清洁等各种重活脏活。有一次,她被安排给上海美术馆扛水泥,因为那里正在砌台阶,需要大量的水泥。15公斤一袋的水泥,她扛了一趟又一趟。

老先生说:"现在,我有时路过那里,会停下来,坐在某一级台阶上,想一想美棠。我虽然不知道哪一块台阶是她亲手砌的，但我知道，这里的水泥是她出力扛来的，这里的台阶中有她的劳动。我坐在这里想一想她。"

老人说到这里，声音哽咽了。

我的眼泪也禁不住流出来，身边是如此坚硬的水泥，心中却怀着如此柔软的深情。现实与记忆穿越数十年，斯人不在，但是这里有她用柔弱的肩头扛过来的水泥啊。

古诗云：记得绿罗裙，处处怜芳草。怀念一个人时的心情便是这样的吧，看到能勾起回忆的一事一物，便驻足停留，不想离去，那些事物之上，伊人犹在。

所以，如果有一天，你看到一个人静静地坐在水泥台阶上，请千万不要打扰他。


睹物思人是一种最本能也最深刻的情感，不会刻意去记取却从来不曾忘记，在某个时刻，自然而然地浮于脑际。

女儿有一帮从幼儿园起就在一起长大的小伙伴，其中有一个大眼睛的男孩儿。某天，我和好友杨老师在校园里散步，遇到那个男孩儿和他的妈妈。杨老师和他家在男孩儿很小的时候是邻居，可说是看着他长大的。几年不见，当年的小男孩儿长成近一米八的大小伙子。杨老师在惊叹之余忍不住抖落一点儿他小时候的趣事。她笑着说："呵呵，想起你小的时候，你妈妈要出门就把你放在我们家，你一定要抱着你妈妈的一件红毛衣过来，玩累了，也只有用那件毛衣搭在你身上你才睡得着。"

小伙子的脸唰地红了。

我笑了。

在杨老师看来，这小家伙有些固执，有些不可理喻。但我知道，妈妈的毛衣上有他熟悉的最亲切的味道，而且毛衣是柔软而温暖的，这跟妈妈的抚摸一样。有它相伴，他才能在别人家里安心入睡。

不知道已经长大了的他，是否还会怀念妈妈的那件旧毛衣。


写到这里，突然想起了电影《断背山》片尾的那一幕。人到中年的男主角目送女儿离开，回到他一个人居住的屋子里，打开衣橱，他和好友的牛仔衬衣叠套着挂在同一个衣架上，他摩挲着两件融成一体的旧衬衣，沉默，那目光里有千言万语。

他的深情，和饶平如老人的深情，有相同的质地。

如果你无意间碰到这样的一幕，也请不要打扰他。

# 携子之手，与子偕老

我喜欢晚上到华师的校园散步，路线是固定的，每次都要经过学校老图书馆前面的喷水池广场。喷泉只在重大的节假日才开放，平时闲置。这里空旷，常常有人坐在池沿上休息。

那天，我还没到喷水池广场就听到悠扬的音乐从水池边传来。循声而去，看到一对老人。老太太坐在一把便携式椅子上，腿搁在池沿上。老头儿坐在池沿上，他的身边放着一个小小的收录机，音乐就是从收录机里传来的。

两个人听着音乐，扯着闲话。他们的眼前是熟悉的校园，是空旷的广场，头顶一轮明月，清风徐来，身畔偶尔走过年轻的学生。

我喜欢看到那些幸福的老夫妻，他们的幸福让我也受到感染，心情愉悦起来。

想起之前的一天，我在路上遇到一对老夫妻。老太太原来是医生，老先生原来是一所大学的教授。那天我们偶然遇到，就聊了几句，得知他们是去电脑城，儿子一家刚刚移民美国，他们要买个摄像头装在电脑上，好跟孙子视频聊天。

那天比较热，两位老人都是满头大汗，老先生从口袋里拿出一条汗巾擦了脸，随手递给老太太。然后，老太太拿着那汗巾擦起自己头上的汗来。

老太太曾是医生，以前在聊天中我听她说自己是有洁癖的。让一个有洁癖的老太太用别人刚用过的汗巾，只能说明一件事，爱让两个人已经不分彼此了。

还有一次，是在一家三甲医院，我去看望了一个病人后出来，在大厅，看到一对老夫妻，生病的是妻子。老太太坐在轮椅上，她要看报纸，于是，她的先生就用自己的双手拿着报纸，让老太太看。

老爷爷张开双臂，拿着报纸，一动不动，那情景令我记忆至深。

人到中年，身边熟人朋友的婚姻情感都是烦恼多多，危机重重。每当有人来向我诉苦的时候，我会问她："你想象过你们老了会是什么模样吗？那时候他还会牵你的手或扶着你的肩过马路吗？还会和你一起去散步，一起聊天，一起吃饭吗？你们还会吵架，然后不计前嫌，一起手牵手去菜市场买菜吗？"

如果可以想象，那么恭喜你，你们还可以做夫妻，继续牵手人生。如果你无法想象，你们之间可能真的有问题。因为任何想象都是以现实为基础的。如果你们在以往的恋爱中或进入婚姻的前十年里，都没有恩爱的细节，你是无法想象你们有更美好的将来的。反之，就算是目前遇到了障碍，但如果让时光跳荡到三十年后，你们到了耄耋之年，你还希望他在你生病时嘘寒问暖，出行时相扶相携，那就努力修复你们之间的关系，争取有个美好未来吧。

虽然这中间可能充满了变数，甚至最终仍有可能离婚，但这也并不可怕，因为在我身边的老人中，我也看到过幸福的再婚生活的样本。

小区里有一对老夫妻，是通常面目会日益模糊的老人们中非常醒目的一对。两人都是一头银发，相貌清癯，衣着朴素，面容祥和。两人从来都是形影不离，一起上菜市场，一起去超市。如果看到了老先生，就一定可以看到老太太；看到了老太太，老先生一定就在附近某个地方。

他们是如此恩爱，这就是传说中的少年夫妻老来伴？但是其实两人并不是原配，他们是离婚后重组的家庭。他们以前经历了什么我无法得知，重要的是现在，两位老人走在一起时，他们的神情那么平静祥和，透着一种抵达幸福后的满足。

我喜欢看到这样的老人，他们相伴而行，互相照拂，心有默契。在他们的身上散发着时间沉淀出来的淡泊、笃定、从容，他们给我传递婚姻幸福的希望。